糖衣炮弹

致·闪耀的你——

一眼见你，万物不及。

我所有的欢喜，都源自你眼中不褪色的光。

糖糖主编

糖衣炮弹

小甜点の故事 补充每日糖分

4

世界第一爱豆

长江出版社
漫娱图书

HOW CAN MY IDOL
BE SO CUTE
我与爱豆的
心动瞬间
LOVE U!!
idol
Idol
唱跳俱佳全能爱豆
盐甜兼备百变信徒
我的爱豆怎么能那么可爱

画手：晗旭　脚本：小野

我与爱豆的心动瞬间

live前排

LIVE前排打call，第一次近距离接触！！我崽最帅！！

签售会

签售会，他说记得我，啊啊啊啊啊啊啊，他太好了。(T__T)。

前线拍摄中

今天我崽神仙颜值也正常营业了！和他眼神对上了，他看到我啦啦！！！！

我与爱豆的心动瞬间

念台本

我崽念台本ing，他喊啥？“宝贝！”我就当是对我说了！

收到礼物

礼物给出去了，开森！

千面pose

啊！我家崽子好帅好帅，到底哪个造型更帅呢，怎么办？！孩子才做选择，大人全部都要！嗯！

我与爱豆的心动瞬间

接机现场

555我爱豆对粉丝太好，还让大家注意安全。

要像爱豆一样，也闪闪发光嗷~

ヾ(^Д^*)/

比心三连

我的人生！
一片无悔！

第

问

个

题

SUPER IDOL

4

THE FOURTH QUESTION

什么道理，是你在有了喜欢的人之后明白的

读过很多书 / 走过很多路 / 听过许多道理

却仍旧在solo的路上徘徊

因为……

实践才是检验真理的唯一标准！

很多事，经历了才能理解

有些人，遇到了才会发现TA的特别

看看TA们亲身检验出来的“真理”

有没有给踌躇中的你一些启示呢？

THE FOURTH QUESTION

什么道理，
是你在有了喜欢的人之后明白的

1250*545

@扫晴是个妖怪

暗恋就要去告白，互相暗恋虽然美好但是在一起更美好啊！——被喜欢的人牵着的我用一只手打下了这条评论。

@九兮桔梗

喜欢就行动，这句话真的很对，但当时的我并不明白，只是害怕。后悔当时懂的东西太少，以至于没抓住他，从此，我再也没有机会了。

@蜃影19

再优秀的人有了喜欢的人后也会自卑……

@写手绿昂

不要自卑，爱情是平等的，越卑微越追不到。

@鬼骁必须矮

眼里没有他时他不过是千千万普通人中的一个，喜欢上他后仿佛他一下子就受欢迎起来，小小的欣喜和妒忌相伴而来。

@异次元芝士

有了喜欢的人就想把所有好东西都分享给他！

THE DARKNESS IS NO DARKNESS WITH THEE

1250*545

@写手_一言

爱情是一件美好的事物，适合放在橱窗里让人欣赏。

@易郁木木子

世界上很多事你努力了就会有好的回报：考试没考好，多做题下次会取得好的分数的；长跑不及格，每天坚持锻炼过段时间你也会拥有强健的体魄。可是恋爱不是这样，在恋爱中，往往你费尽了心思，也无法得到想要的结果。认识到世界上存在这样的无奈，坦然地去面对这些无奈，就是恋爱教给我的事情吧。

@荒火干焚

念念不忘不一定要有回响，能在漫长的生命里遇到那个人，已经是这辈子最值得的事情了。

@一只软鹿

时机很重要，一旦错过正确的时机，就再也把握不住那个机会了。我们往往觉得一生很长，还有时间，可是别人并不一定会在原地等你。蓦然回首，唯独你还在回忆里停滞不前，这是最可怕的。

@瞬烬

只有遇到一个合适的人才能体会到有喜欢的人是一件多么美好的事，那些只会让你难过的人不值得你去喜欢。

1250*545

@织影形单

喜欢是没有道理的。

@_斩欢

要自信！自信了即使成不了恋人也可以成好兄弟（好像哪里不对），不自信通常直接没戏。

@七英俊的男朋友

要努力成为和ta一样优秀的人啊。

@森川执渊

事不过三，表达两次装听不见就滚蛋。

@Candy苏十七

喜欢一个人了之后就学会了要打扮自己，生造了一堆“乖乖女形象”（虽然他最后还是没喜欢我……）。

@这是一个烊味的德云女孩

嘴里说着喜欢四字弟弟，心里却装着大哥，老二，二爷，小白，刘源等等好多人。然后自己明白永远都不可能和他们在一起，但是因为他们自己会更加努力，结果最后身边的男生一个没看上。

@游溯叽

人生很长，要和可爱的人一起度过。人生很短，要做一个可爱的人啊。

THE DARKNESS IS NO DARKNESS WITH THEE

1250*545

THE DARKNESS IS NO DARKNESS WITH THEE

@脆皮烤肉螺蛳粉

喜欢自己是最重要的，不要把他看得比自己还重要。

@喵欧斯Miyamorin

吵架不要让妈妈知道，否则她会记得比你还清楚。然后就是老妈的“你们为什么还不分手？”

@是风断啊不是风段

我明白了，有的人是等也等不到的，而有些人却是心大到什么时候在一起都不知道的！

你的每一份酸甜苦辣《糖衣炮弹》都愿意倾听，愿意陪你分享。或许有些小事会随着时间模糊，但那些真挚的文字却会一直保留，而它们，都会是你回忆里一片片点缀的花瓣……

参与更多互动话题，了解最新信息，快来关注微博@糖衣炮弹MOOK

目录 Content

世界第一爱豆

People in love

实习生

01

孙殊君抱着电脑进了自习室。

这几天她要赶绩效方案，家里坐不住，就只能往图书馆跑。

大概是因为放暑假了，图书馆人也不少，但是大家都是来自习看书的，所以很安静，氛围也很好，她来了两天，就把方案写得七七八八了。

今天她常坐的靠窗的位置上有个男生在看书，穿着白T和牛仔裤，侧脸很好看。

孙殊君有点诧异，图书馆天天都是一堆小朋友和一堆备考的成年人，很少能看到这么清新脱俗的年轻人安安静静地坐那儿看书的。

关键还长得那么好看。

孙殊君走到他的斜对面坐下。

文 / 柚子多肉

狗血甜文懒废小仙女荣耀 50 星写手!

不是她贪恋美色，而是整个自习室就这个位置光线最好，也就这个窗口外边有一棵大树，景致很好。

她坐下的时候男生没有丝毫反应，但是当她往外掏电脑、鼠标、笔、笔记本、水杯的时候，男生微微抬头瞄了她一眼。

她很确定自己并没有发出丁点声音，不至于影响他，但既然对方都抬头了，她当然不能错过这个机会。

“帅哥。”孙殊君小声说，“能不能帮我插一下插头？谢谢啊。”

插座在他那边，她如果自己去插的话，也还是得麻烦对方让开的。

她说完这话之后，明显地看到男生脸上闪过一丝不耐烦，不仔细观察根本看不出，因为他马上就笑了一下：“不客气。”

然后弯腰帮她把电源接上了。

孙殊君冲他笑了笑，然后开了电脑开始工作。

但是意外总是伴随着帅哥降临的。

她这边才刚着手，就突然开始疯狂打嗝，而且是停不下来那种，一杯水都喝光了，还在打。

她一边忍受打嗝，一边改方案，就这样坚持了大概五分钟，对面的男生忽然抬起了头，冷冷地看了她一眼，说："出去。"

孙殊君一愣，随即皱眉，她都够难受的了，这人还这样，有没有同情心？

她想说话，结果张口又是一声嗝。

男生忍无可忍，皱着眉看了看自习室，看来看去还是这个位置最好，而且长桌一边只能坐三个人，他靠窗，女人坐中间，他无处可躲。最后只能拿出耳机戴上。

其实她打嗝并没有发出声音，但是她打嗝的时候会动，看书的时候余光瞄到对面的人在一抽一抽，他要怎么看得下去。

对面女人一边敲键盘一边鼓着嘴憋气，结果一口气没憋住，打了个更大的嗝。

"……"

孙殊君发现对方在看她，有点好笑，她指了指自己的耳朵，对方没有反应。

她低下头小声嘟囔："都戴着耳机了还能听到不成？图书馆你家开的啊？"

男生面无表情地摘下耳机："我没听音乐，手机没电了。"

孙殊君："……"

男生一边把书和耳机收拾进自己的包里，一边轻飘飘地说："你还知道这是图书馆呢？”

孙殊君顿时就有些恼火，觉得自己被针对了："怎么？打嗝都不行啊？有没有天理啦？那你背后那人还抠脚丫呢，你怎么不说？”

男生僵了一下，缓缓回头看了一眼，他身后的男生戴着耳机，跷着二郎腿，不亦乐乎地抠着脚。

男生一脸崩溃的表情，拿上书包头也不回地走了。

孙殊君猜他这辈子都不会再想来图书馆了。

第二天是周一，孙殊君浑身困乏地去上班，刚到公司经理就过来通知她："一会儿有几个实习生过来面试，你带几个人过一下。"

"要几个人？”孙殊君问。

"你看着办吧，都要也没事。"

"好。"

面试时间安排在九点到十点半，五个面试者。九点她和另外一个同事进会议室的时候，助理拿着签到名单说："孙姐，只到了四个人。"

"嗯。"孙殊君低头翻了翻简历，"先开始吧。"

这四个实习生倒都还好，没有特别出彩的，但也过得去。面试完之后她和同事还讨论了一会，在简历上做了标注，要出去的时候助理才拿着简历进来。

"孙姐，剩下那个人到了。"

孙殊君看了看表，现在已经十点四十了。

"让他进来吧。"孙殊君坐回座位上，"简历我看看。"

助理把简历放在她面前，然后出去叫人。

半分钟后门外传来脚步声，有人敲了敲门。

同事给她打了个眼色，她知道同事的意思，前面那四个面试者都是直接推门进来的，没有人敲过门。

“请进。”孙殊君低头翻了翻简历，有点意外。

这个人简历挺漂亮的，来他们这实习还有点屈才了。

外面的人推门进来后反手掩上了门，在他们对面坐下：“两位面试官，上午好。”

“上午好，姜屹是吗？先做……”孙殊君合上简历抬起头，然后愣了一下。

对方看到她也愣了一下。

好一个冤家路窄。

02

同事看了她一眼，接过话头说：“先做一下自我介绍吧。”

“不急。”孙殊君笑了一下，端起水杯喝了一口水，“先说说看，为什么迟到那么久吧。”

男生看了她好一会，才开口回答：“抱歉，今早出门的时候临时有点急事，所以耽误了。”

“什么事比面试还重要？”

“我的猫生病了。”

“……”孙殊君立马就没辙了，行吧，谁让她也很喜欢猫呢。“简单做一下自我介绍吧。”

男生轻点头，然后开始自我介绍。

声音好听，说话慢条斯理，一段自我介绍不长不短，捡了重点说，这样的面试者很容易赢得好感。

仿佛和那天在图书馆冷冰冰叫她出去的不是同一个人。

之后的问题都是同事在问，男生也没有再和她有过眼神交流。

“嗯，大概我们都了解了。孙姐，”同事叫了她一声，“你还有什么要问的吗？”

孙殊君微微摇头：“没有了。”

“那可以了，有什么我们会再通知你的。”

他起身离座，微微低头：“谢谢。”

男生走了之后孙殊君和同事又在会议室讨论了一会儿，觉得这几个都可以要。

“下礼拜再通知他们过来吧，这礼拜我要做绩效材料，也没时间给他们办入职。”孙殊君说，“到时候你提醒我一声。”

“好的，孙姐。”

第二天经理亲自把姜屹带进她办公室的时候，孙殊君一口茶直接喷到了电脑屏幕上。

“经理……”孙殊君都来不及擦屏幕，看了看经理又看了看姜屹，“这是？”

“这是姜屹，昨天来面试的，你应该还有印象吧。小照跟我说过了，说他是几个面试者里最优秀的，所以我把他放到你们人资部了。”经理跟她说完又对姜屹说：“姜屹，这是人资部部长孙殊君，这两个月你跟她多学学。”

男生一副乖巧的模样：“孙部长，你好。”

“你好！”孙殊君冲他笑笑，然后问经理：“其他面试者呢？既然都来了，我一块办入职吧。”

“其他几个下礼拜再过来，你们人资部比较忙，我就先让姜屹过来了。小照这几天不是调到别的部门了吗，你就让姜屹先坐她位置上吧。”经理脸上是少见的和颜悦色：“姜屹，你坐那儿吧，有什么问题可以问孙部长，也可以来问我，我办公室就在尽头那儿。”

“谢谢经理。”姜屹说完望向孙殊君：“孙部长，那就麻烦您了。”

孙殊君怎么看都觉得那眼神带了点挑衅的意味。

经理走了之后，孙殊君抽纸擦她的电脑屏幕，姜屹走到她对面，刚要坐下，孙殊君就丢下纸巾，冲着他冷冰冰地说了一声：“出去。”

这声“出去”跟他当初说的那一声简直一模一样，连表情也是复制粘贴。

姜屹微微一顿，抬眼看她，神色无波无澜，仅半秒，他就又换上了笑脸，人畜无害地问：“孙部长，怎么了？”

“出去右拐，到前台按个指纹，以后上下班要打卡考勤。”

姜屹依旧笑着：“刚刚经理已经带我按过了。”

“嗯。”孙殊君弯腰从柜子里拿出一张卡片，“有一寸照吗？”

“没有。”

“明天补一张过来。”她扬了扬手里的卡，“胸牌卡，自己写还是我帮你写？”

“孙部长帮我写吧。”他说，“我的字不好看。”

孙殊君在卡片上写下他的名字，姜屹托着下巴靠在两桌之间的隔板上，笑着道："孙部长的字真好看。"

孙殊君抬头看他，也微微一笑："你觉得现在扮小绵羊人设还来得及吗？"

姜屹"哦"了一声，脸上也未见尴尬神色，接过孙殊君递过来的名牌后说了谢谢就坐下了。

现在她是姜屹上司，她想整他，方法简直太多了。

倒是姜屹，反而开始有点期待他的实习生涯了。

03

这一天两人面对面坐着都没再对过话，孙殊君太忙了，也没空管他，就丢了一些文件给他打发时间。

下班的时候孙殊君在车库碰到了经理，打了个招呼之后经理把她拉到一旁叮嘱："今天没有什么机会跟你说，那个姜屹是董事长的外甥，你多照顾着点。"

孙殊君料到他是有背景的，但没想到背景这么牛。

"我知道了。"孙殊君拉开了一点她和经理的距离，"谢谢经理。"

"我刚刚下来的时候还碰到他了，他一个学生，也没车，搭地铁还要倒好几趟车。"经理看了看她的车，"小孙，我记得你住在望博苑那块儿吧，和姜屹好像同路呢。"

"是吗？"孙殊君笑着说，"那我一会儿送他一程。"

"哎呀，那就麻烦你啦。"

"经理说的是什么话，我们是同事，应该的。"

孙殊君上了车就把包摔副驾上了。

这种关系户，哪个部门都不想要，因为不好伺候，经理塞她这儿来了，现在还要送他回家？他来上幼儿园的？

孙殊君把车开到门口的时候，刚好看到姜屹走下来，她拍了一下喇叭，待人转过头来的时候把车窗降下来，对方看到她就笑了："孙部长。"

"嗯，你怎么回去？"

"地铁啊。"

"住哪儿？我送你。"

"不用了。"

"上车吧。"

"真的不用了，孙部长。"

看姜屹的神色是真的在拒绝，孙殊君看了他几秒，感觉对方都快误会了，便放弃了。

晚上，经理又让孙殊君把姜屹拉进群聊，她很尴尬，因为她没有加姜屹的微信。

孙殊君找了很久才找到他的电话号码，到微信去搜了一下，找到一个叫"Y"的人，本来还不是很确定的，但是一看朋友圈，就知道是他没错了。

孙殊君发送了好友申请，对方没有同意，还发了一个问号过来。

孙殊君重新发送好友申请并说：人资部孙殊君。

那边没有回应了。

呵呵，当谁很想加你似的？

第二天一早姜屹就来跟她解释："孙部长，昨晚我睡了，没有看到消息。"

"嗯，没事。"孙殊君面不改色地说，"是经理让我把你拉进群我才找你的。"她翻出群二维码递过去，"你直接扫码进群吧。"

姜屹"嗯"了一声，拿着手机过来扫了一下，进群之后也没再加她。

中午休息的时候孙殊君和小照在茶水间闲聊，几个实习生进来接水，姜屹走在最前面，到了饮水机前又避了一下，让后头几个女生先打。

水接了一半，饮水机的水空了，姜屹又二话不说换了一桶新的。

换水桶时的男友力和绅士风度，让在场的女生都冒星星眼了。

孙殊君白眼都要翻到天上去，换个水桶而已，你换哪个男的来不会换?

白眼收回来的时候，刚好和姜屹对视了一下，孙殊君又装作若无其事地低头喝水了。

几个实习生端着水杯到了公司的露台去。

这是他们的小窝点，平时中午都会过来聚一聚、聊一聊，姜屹一般不会过来，但是在茶水间碰到了，不一起过来的话显得很不合群，所以就一起来了。

他们说到各自领导的一些小习惯，宣传部的部长每天都要喝花茶，所以那个部长的实习生每天都会提前两分钟到公司给他泡茶。

姜屹很不解："为什么要帮他泡？"

那个实习生笑着说："姜屹，你一看就是养尊处优的贵公子，你作为一个实习生，到人家部门实习，不仅帮不上什么忙，人家还得教你，人家又不是没工作做，你泡杯茶表示表示，不是应该的吗？”

另一个实习生也苦着脸说：“唉，像我那个部长，每天都忙得要死，根本没闲工夫搭理我，我都来一个多礼拜了，还皮毛都没摸到，简直是浪费时间。”

姜屹心想完了，我不仅从来没表示过，还跟部长有过节。

第二天的时候，姜屹就提前到了公司，帮他的孙部长接了一杯开水来。

他观察过几天，他们部长，只喝白开水。

几分钟之后孙殊君到了公司，她开了电脑，然后很顺手地拿她的杯子要去茶水间打水，她没料到杯子里有水，一下子没拿稳，开水泼了一桌子，还溅了一点在她手背上。

孙殊君有点懵：“欸？”

姜屹一直在对面观察，看到她弄洒了水，立刻心急如焚地冲过来：“部长！你没事吧！我看看。”他抓着她的手看了又看，又赶紧把自己买的冰矿泉水敷在她手背上。

孙殊君想抽回手。

“别动，先敷一下。”

“我自己来。”

姜屹看了她一眼，松开手：“哦。”

孙殊君接过矿泉水，姜屹已经利落地开始收拾桌面上的水了。

“我杯子里怎么有开水？”孙殊君平静地问。

姜屹愣了一下，然后连忙解释：“对不起部长，我是看你平时来公司都先打一杯开水的，但是开水供不应求，所以就提前来帮你接了，对不起忘记提醒你了。”他说完看了看孙殊君的脸色，又小声解释：“我不是想整你什么的。”

这下真的是偷鸡不成蚀把米了。

孙殊君没一会就想明白了：“跟别的实习生学的？”

“嗯。”

孙殊君有时候会听到别的部门讨论他们的实习生，某某某很乖巧，每天都给部长泡茶擦桌子，他们似乎以此来判定一个实习生合不合格。

“我们部门不需要搞这种。”孙殊君说，“做好你工作以内的事就好了。”

姜屹看了看她，没有作声。

“你放心，我不会因为之前的事情对你有偏见，工作是工作，该怎么做就怎么做，能教的，我也一定会教。”

姜屹擦干净桌子直起身子看她：“我知道了，部长。”

04

她话说得冠冕堂皇，但其实知道姜屹是董事长外甥之后，孙殊君一直觉得很为难。

既不能让他做太多事了，也不能什么都不让人家做。

而且姜屹学习能力很强，有时候交给他一个事情，孙殊君是打算让他弄一天的，结果他两小时就弄好了，然后她又得重新给他找事情做。

这几天孙殊君要做一个素拓方案，她交给姜屹写了，姜屹写了一天才交过来，而且方案有很多问题。

姜屹也挺不好意思的，“写东西不是我的长项，以前没怎么写过。”

“嗯。”孙殊君敲着电脑说，“我给你把格式调一下，做一些批注，然后你再改。经理让我明天早上交过去，所以今晚必须得搞定。”她抬头的时候正好看到姜屹在看手表，便笑了一下，“赶时间？”

现在已经下班了，但在他们公司，其实加班是常事。

姜屹摇头：“没有。”

小年轻脸上根本藏不住事，一看就是有。

“约了女朋友？那你先走吧，别耽误谈恋爱了。”

“我没有女朋友，是今天家里面有聚餐。”姜屹说，“不过晚一点没事。”

孙殊君没再劝，“嗯”了一声就继续做自己手头上的活了。

可是，方案哪里是半小时能赶出来的，孙殊君就是马马虎虎修了一下都花了二十多分钟，那边姜屹改又改了差不多一小时。

孙殊君做完手头的事之后过去看了一眼：“这边流程可以先空出来，具体还得跟度假山庄那边沟通。”

“嗯。”姜屹低头删掉。

“差不多了，你给我吧。”

姜屹愣了一下：“我才改了一半。”

“没事，后边的没什么了，你先回去吧，我来做就好了。”

姜屹看了她一眼，犹豫了一下，想说什么但孙殊君已经走回自己位置上了。

姜屹把文档保存发给了她，然后脑袋从电脑后边冒出来：“那我，溜了？”

孙殊君盯着电脑头也不抬："嗯。"

姜屹收拾了东西出去，走到门口的时候有人在背后叫了他一声。

"姜屹。"

姜屹回头，发现是当初面试过他的小照，便打了声招呼。

"嗯，才下班啊？这么晚。"

"今天写了一个方案，所以晚了一点。"

"对哦，这几天人资部会很忙，我又不在，孙姐要做好多事哦。幸好有你在，可以帮点忙。"

说得姜屹都有点惭愧了："我没帮上什么忙，都还在学。"

"没事，慢慢来，孙姐很有耐心的。"小照说，"不过要过一段时间了，这几天她应该很忙，我看她前两天都加班到一两点呢，白天应该也没精力教你。"

姜屹心跳微顿："小照姐，平时人资部的方案都是你写吗？"

"啊，一般来说都是我写的，然后孙姐再过一遍，像素拓、考勤、招新、竞岗、培训这些都是我写的，她哪有空写这些啊。"

两人一起走到公司大门口，小照问他："你是要搭地铁回去吧？要不坐我的车，我顺路送你一程吧。"

"不用了，谢谢小照姐，我好像还有东西落在公司了，我回去一趟。"

小照："嗯嗯，去吧。"

姜屹在公司附近打包了两份凉面，又去买了两杯奶茶，回办公室的时候发现经理也在，靠在孙殊君的桌子上在和她说话，两人之间的距离有点近，要不是孙殊君在他推门进去的时候露出松一口气的表情，他还以为他俩是在谈恋爱。

经理看起来倒是有点尴尬："姜屹啊，你没下班吗？"

"啊，今天要加班。"姜屹把食物放到桌子上，又半开玩笑地说，"还有一份方案要赶。我是不是打扰你们了？"

经理脸上的表情更尴尬了："没有没有，我就是找你们孙部长说点事，那你们忙，我先走了。"

经理出门的时候孙殊君看了一眼，眼底全是厌恶的神情，姜屹收回目光，将食物递过去："孙部长，先吃点东西吧。"

"谢谢。"孙殊君冲他笑笑，"怎么又回来了？"

"我在楼下遇到小照姐了，她说你这段时间会很忙，哪有领导还在加班，我就先溜了的道理。"

孙殊君扬了扬眉："这么懂事？我不喝奶茶。"

"哦，那给我喝。"

刚才的事，姜屹没有过问，孙殊君也没有再提，两个人埋头工作，一直加班到了一点多。

走出公司大门的时候，姜屹眼睛都睁不开了。

"住哪？我送你回去。"

姜屹没有再拒绝，这个点已经没有地铁了，打车也不好打，他报了地址，又问："离你家近吗？"

"不远，刚好顺路。"

孙殊君的车开得很稳，半路上姜屹没顶住睡着了。

到他家的时候，孙殊君摇了摇他："小孩儿？"

姜屹迷迷糊糊睁开眼："到了？"

"嗯，你倒是睡得挺舒服的。"

姜屹挺不好意思的："我平时睡得很早，那我先回家了，谢谢孙部长。"

"嗯，回吧。"

第二天姜屹到公司的时候，孙殊君已经到了。

这个点公司没几个人，他买了两份早餐，进门的时候又看到了总经理在，依旧挨着孙殊君在说话。

"经理早，孙部长早。"姜屹打了招呼，然后走到自己位置上，"吃早餐了吗？"

孙殊君抬头冲他笑了一下："早，吃过了。"

经理也冲他点点头："早啊姜屹，今天怎么这么早。"

"昨天的方案还想再看看。"

"哦，素拓的方案，你们孙部长正在跟我说，她说是你写的，挺不错的。"

姜屹笑了笑："不是我一个人写的，是在孙部长的指导下写的，而且后边还麻烦孙部长改了很多。"

"嗯。"

经理微微弯着腰，一手撑在孙殊君的桌子上，一手搭在她椅背上，几乎是贴着她的脸在说话："小孙，你再给我说说这里，具体的流程是怎么走。"

孙殊君往旁边偏了偏："具体的流程还要和酒店那边沟通……"

姜屹推开椅子走过来，笑着说："经理经理，这部分是我写的，我来跟你说。"

孙殊君愣了愣，看了他一眼。

"部长，你给我个机会。"姜屹说，然后不等经理反应过来，抓着孙殊君的手腕把她拉起来，坐下去的时候几乎扑进了经理的怀里，"这个部分我是打算这样的……"

经理理了理领带，有点尴尬，但又不好说什么，只能硬着头皮听他巴拉巴拉讲了快半小时。而且每当他想直起身子的时候，姜屹都会兴冲冲地扯着他的胳膊迫使他弯腰去看电脑。

等他终于讲完的时候，经理觉得自己老腰都要断了。

05

经理走之后，姜屹才伸了伸懒腰站起来："哎呀我的早餐。"

他买的肠粉都干了。

"孙部长你吃吗？"

"我吃过了。"

"再吃点呗，我买了两份。"

"嗯。"

这件事就这样被他翻篇了，孙殊君都没来得及说谢谢什么的。他明明已经看破了，但是却没有多说一句，可见情商高得可以。

之后经理消停了很长一段时间，也不知道是因为这个，还是因为孙殊君重感冒了，他怕被传染。

大夏天感冒确实挺难受的，孙殊君浑身不舒服，还一直流鼻涕。

对面的姜屹忍无可忍："部长，您能擦一下鼻涕吗？"

"哦。"孙殊君抽纸擦了一下鼻子，"还不是怕你嫌弃嘛，之前打嗝你都受不了，我要是频繁地擦鼻涕，你又该叫我出去了。"

姜屹赧然："擦吧，我能忍受，除了抠脚丫子，我都能忍受。"

孙殊君"扑哧"一声笑了，这一笑可不得了，笑得鼻涕都冒了个泡。

她自己愣了一下，对面的姜屹也愣了一下，然后露出一副很崩溃的样子，捂着眼睛拿着水杯出门了。

背后是孙殊君更大声的笑声。

孙殊君感冒好了大半的时候，素拓如期举行。

地址就选在郊外的温泉别墅，整个公司，上至领导层，下至实习生，都要参加，整整坐了三个大巴车。

孙殊君在前面安排人员上车，姜屹在后面清点人数签到，等他俩上车的时候，就只剩下最后一辆车的后排了。

两人往里走，走到中间的时候有个前台的女生冲姜屹招了招手："姜屹，这里还有位置，和我一块坐吧。"

姜屹在公司人缘很好，听说进公司的第二天，所有年轻女生都在问他的微信。一半是因为他长得帅，一半是因为绅士，就是那种有钱人家孩子从骨子里透出来的从容优雅，但是又不会显得冷淡，相反他还挺和善的。

孙殊君不知道他对别的女生怎么样，反正他是三天两头地请她喝下午茶，买水果沙拉给她吃，有一次她来姨妈不舒服，他还特意去买了个壶回来给她煮生姜红糖水。

孙殊君没有停留，径自走到后排靠窗的位置坐下了，没想到几秒之后姜屹也跟着走过来在她旁边坐下。

孙殊君奇怪："怎么不坐那边？"

姜屹扬了扬手里的名单："不是要和你核对名单吗？"

孙殊君失笑："不是和你说了不用核了吗？而且我晕车，看不得东西。"

"我知道。"姜屹凑近了一点，"我不想坐那边。"

"这么漂亮都不喜欢啊？"孙殊君开玩笑说，"那你眼光挺高的。"

"我眼光不高，只是觉得跟她不熟，坐一块尴尬。"

"跟我坐一块就不尴尬了？我还是你上司欸。"

"可能是因为我们天天坐一块，都已经习惯尴尬了。"姜屹说，"部长，让我坐靠窗吧，我晕车。"

孙殊君想也没想就拒绝了："不要，我也晕。"

开车之后孙殊君就闭眼休息了，过了一会姜屹看了看她，有些担忧："你还好吧？不会吐吧？"

孙殊君："你脸色和我一样差，谢谢。"

"喝点水？"

"不想喝。"

姜屹去拿了塑料袋回来一人一个分了，孙殊君看到塑料袋更难受了。

她把塑料袋挂在耳朵上，下巴兜着，这样吐的时候低头就可以了，这个样子把姜屹笑抽了，还一边学她一边也套上塑料袋。

他们刚套好塑料袋，前排的女生就"哇"的一声吐了。

这吐得那叫一个猝不及防，密闭车厢里的味道瞬间难以言喻，姜屹和孙殊君挨得最近，整个人都要疯掉。

前排女生旁边是她男朋友，手忙脚乱地帮她拿水拿纸，处理到一半自己也忍不住接过袋子吐了。

后排的姜屹和孙殊君目睹了全程，目瞪口呆。

“我要疯了……”

姜屹也不行了，他偏开头拿额头抵着孙殊君的肩膀，笑得发抖：“又恶心又好笑怎么办。”

“求你了。”孙殊君很绝望，“别吐我身上。”

“哈哈哈哈哈哈。”

班车抵达酒店的时候，孙殊君是被姜屹扶着下车的。

之后办理入住分发房卡都是姜屹一个人在弄，孙殊君坐在露台上喝水休息，远远看着姜屹办事，稳妥又利落。

中途他望过来一眼，孙殊君冲他比了一个大拇指。

给所有人分完房卡之后姜屹才跑过来，将房卡递给她：“部长，这是你的。”

房间是随机的，但姜屹发房卡的时候留的两张是连着的，所以两人就住隔壁。

入住之后是动员大会，午餐之后素拓才真正开始。

素拓的第一项就是破冰之旅，主持人由经理自告奋勇地担任了，他增加了一项方案之外的活动。

“公司就是一个大家庭，一家人在一起处事，难免会有摩擦和误会，但是很多时候我们并没有机会去消除误会，所以我今天特意增加了这一项，希望大家都能消除误会，做相亲相爱的一家人。”

孙殊君和姜屹对视了一眼。

“今天的这个平台，就是一个很大的机会，请大家勇敢地站到台上来，将你认为和他有误会的人叫上来，说清楚，给彼此一个拥抱，化解矛盾。”

姜屹和孙殊君看经理的眼神就像在看傻子。

自然不会有人承认自己和别人有矛盾，就是真的有矛盾，也不会上去求和，所以经理话音落地的时候，场上鸦雀无声，一阵尴尬。

06

经理的视线逡巡了一圈，孙殊君大感不妙，连忙低下头躲避他的视线。

果不其然那人下一句便是：“既然没人敢上来，那我就起个头吧。”

姜屹看到他的视线已经转到孙殊君身上了，他暗地骂了一声，然后“噌”地站了起来：“经理，我来吧。”

姜屹笑嘻嘻地跑上台，从经理手里接过话筒：“我其实进公司之前，就见过我领导孙部长了，那时候我在图书馆看书，她去图书馆加班，然后不停地打嗝，打得我很心烦，就叫她出去。加了我和孙部长微信的人应该会看到，我和她分别发过一条朋友圈吐槽的。”

底下有人笑了出声，还有手快的，已经把两条朋友圈截图发到了公司的群里。

孙殊君看了看截图，有点好笑。

在图书馆自习室不知道为什么开始不停地打嗝，然后对面的一个男生面无表情抬头对我说“出去”。我也太惨了吧。

难得想来图书馆升华一下自己，前面的女生打嗝，后面的男生抠脚。

遥相呼应。

“所以我其实一直都对孙部长有误解，我以为孙部长会因此给我小鞋穿，但其实她非但没有，还教了我很多东西，这一个多月来，我成长了许多，我很感激她。”姜屹望着她说，“希望今天能和她解除误会。”

底下的人开始起哄，孙殊君旁边的人还推了推她：“快上去。”

孙殊君大大方方地上了台，说自己并不介意。

台下的人又开始叫：“不介意就抱一下。”

姜屹已经笑着展开了双臂。

孙殊君本来都做好了要被经理抱的准备，现在换成了姜屹，当然是赚了。

她走过去伸开手抱住了他。

一个拥抱，应该是点到即止，最多不过一秒，她抱了一下就要松手了，结果在她要松手的时候，姜屹才合上手臂环抱住她。

两人都愣了一下。

姜屹以为她不会抱他，孙殊君以为他不会抱她，所以导致两人都伸手抱了对方。

一个礼貌的拥抱，瞬间就变了味道。

有人在下边吹了声口哨，双方才匆匆忙忙松开手，孙殊君先行一步下台，姜屹还拿着话筒：“谢谢孙部长，谢谢经理。”

经理脸色不太好看：“很好。”

受到姜屹的启发，其他实习生以及各部门的同事都半开玩笑地上了台，然后叫上自己的领导，溜须拍马了一番。

孙殊君和姜屹两人回座位之后没有再对话一句，更没有眼神交流，孙殊君盯着台上，姜屹低头玩手机。终于等到结束，经理宣布可以去吃饭的时候，大家都在欢呼。

在这阵嘈杂的欢呼声中，孙殊君耳边传来一句话："没有声谢谢吗？"

"谢谢啊。"孙殊君说。

不知道为什么，她觉得自己有点脸红。

"他这样……有多久了？"

孙殊君隔了一会才意识到他问的是经理。

"没多久，就你撞见的那两次，第二次他来找我的时候，我都准备好了开水，打算在他靠近的时候用手肘弄泼开水烫他一下的，没想到你过来了。"孙殊君说，"他有过先例的，在我进来之前，一个前台的妹子，后来他被那个妹子的男朋友在停车场堵住打了一顿，如果不是你，我可能也会找个朋友来打他一顿的。"

姜屹笑了一下："还是打他一顿比较解气。"

孙殊君笑得挺无奈的："是挺解气的，但这是下下策，上次那个打他的妹子已经被逼得辞职了。"

姜屹没有再说什么。

晚上的聚餐很热闹，气氛也很活跃，经理带头敬酒，最后变成了各个部门相互敬酒。

现在人资部人丁凋零，就孙殊君带着姜屹转各个桌子，怕他喝不了，大多数都是孙殊君替他喝了。

姜屹挺着急的："部长，你不用替我喝的。"

"你不是说你酒精过敏吗？"

"我带了药。"

"我没事。"孙殊君小声说，"我酒量挺好的。"

有同事调侃："小姜，你看你们部长对你多好，实习结束就别走了吧。"

姜屹笑笑没做回答。

她其实有点醉了，姜屹能看得出来，虽然脸上有妆所以不明显，但耳朵通红，而且眼神几乎不聚焦，想吃个虾还半天夹不上来。

姜屹便帮她夹了几个，还亲手替她剥好了放碗里。

孙殊君偏头看了他一眼，笑了："真乖。"

经理又转到了他们这桌，还点名要跟孙殊君喝三杯。

姜屹现在看到这个秃头就烦，孙殊君已经端着杯子要站起来了，被姜屹拉了一把。

"经理，我先敬您三杯吧，谢谢您把我安排在人资部，让我跟了一个这么好的领导。"

经理看到他腰就隐隐作痛，如果换了别的实习生，早就想办法调走了，偏偏他是关系户，背景还不小。

也因此，他没好拒绝他，被迫和他喝了三杯。

姜屹这三杯喝得又急又快，孙殊君都没来得及拦，而经理作为领导，当然不能比他慢，放下杯子的时候，他都觉得自己有点上头了。

“经理，再来三杯，这三杯是我替我们孙部长敬您的，呃，就替她谢谢你，给了她一个我这么乖这么聪明的实习生。”

孙殊君在旁边都“扑哧”一声笑了。

全桌的人都笑了：“小姜，平时怎么没发现你脸这么大啊？”

“来吧，经理。”姜屹说着还抬了抬经理的手肘。

他用这种开玩笑的语气说，经理也根本没法拒绝，又半推半就地跟他喝了三杯。

喝完三杯他就赶紧回自己位置上去了。

姜屹帮她剥了一会虾，中途出去了一会，回来的时候拿手蹭了蹭孙殊君。

孙殊君：“嗯？”

姜屹冲她眨眨眼。

孙殊君低头才发现姜屹手关节上红彤彤的一片。

“怎么了？”她小声问。

姜屹没有作声，她还要再问，就看到经理怒气冲天地回来了，他坐在自己的位置上，死死地盯着孙殊君。

对方衣衫有些凌乱，脸上也有些红肿，似乎像是……被人打过。

孙殊君立刻就反应过来了，她的心提了一下，下意识地在桌子下面握住了姜屹的手。

姜屹本来在跟旁边的人说话，被握住之后他回头看了她一眼，冲她笑了一下，递给她一个放心的眼神。

周围的人不知道发生了什么事，都望着经理窃窃私语。

07

姜屹表现得像个没事人一样，散场之后还拉着孙殊君让她给自己擦药。

“酒精过敏了，浑身痒得难受。”

孙殊君没办法，只能跟他进了他的房间。

姜屹进房之后就吃了药，然后毫不避讳地脱掉了衣服，孙殊君愣了一下，然后挺害羞地避开了视线，她想让他换个男生来帮他擦药的，话到了嘴边又被她咽下去了。

姜屹把药膏递给她之后就舒舒服服地躺到床上去了。孙殊君跪坐在床边，挤出一点药膏抹在他背上，指尖带着冰凉的药膏在他背上抹开，姜屹发出一声舒服的叹息：“每次喝多了，最享受的时候就是擦药的环节了。”

孙殊君没作声，他又加了一句：“不过以前都是我哥们帮我擦，他们手劲大，擦个药弄得像推拿。”

孙殊君在他背后笑了一声：“后边擦完了，还有别的地方吗？”

姜屹侧着脑袋看她：“还有前胸和大腿内侧，你要一起帮我擦了吗？”

孙殊君顿了顿，面不改色地挤出一点药膏：“来啊。”

姜屹反倒是不好意思了，他穿上衣服坐起来：“算了，我自己来吧。”

孙殊君把药膏递给他，姜屹伸手来拿，她却没放，而是望着他问：“今天你打经理了？”

姜屹一脸无辜：“啊？”

孙殊君看着他没说话，隔了几秒姜屹才笑了：“嗯，蒙着头狠狠揍了一顿，他应该会老实了。”

“你疯啦？不怕被他看到？”孙殊君挺无奈的，“而且打他这种事也应该悄悄做，找别人做啊。”

“这个治标不治本，他这种人，就应该给他一点教训。”姜屹说，“我说了，让他以后离公司的女生远一点，再有下次，就让我舅舅开了他。”

孙殊君“扑哧”一声笑了：“后一句话的威慑力更大吧。”

“对，打他是治标，那句话短时间内应该能治本。”

孙殊君突然有些感慨：“我现在都还记得第一次见面的时候，你冷酷无情地冲着打嗝的我说让我出去。真没想到，你会是一个正义感这么强的男生。”

姜屹笑了一下：“你没说错啊，我内心是挺冷漠的，这种多管闲事的事，我很少做，我活了二十多年，也就救过一只猫而已。今天只是因为是你，我才做的。”

孙殊君心跳有些加快，她笑着打哈哈：“因为我是你上司吗？”

姜屹望着她笑而不语。

孙殊君有些慌乱地低头：“我先回去了。”

“嗯，晚安。”

孙殊君回自己房间后才发现微信有一条未读消息，是经理发过来的，他说自己今天被打了。

孙殊君装作很意外的样子，回复道：怎么会被打？被谁打了？你刚刚怎么不说？

经理回她：我被谁打的，你心知肚明。

孙殊君：啊？

经理又问：你现在是在跟你的实习生谈恋爱吗？

这话问得孙殊君微微一愣。

她没有回复，经理也没有再说话。

第二天的素拓大多是体能训练，姜屹参加了攀岩，还拿了个第一名，上去之前他就把手机交给她让她帮忙拍视频，所以到顶之后他立刻就回头在人群里搜寻孙殊君的身影。

两人视线对上，姜屹冲她笑了笑，露出一口大白牙。

底下的女生一片尖叫："姜屹威武！姜屹好帅！"

攀岩第一名奖品是个 kindle，当初订奖品的时候孙殊君就说了想要这个 kindle，所以姜屹拿到奖品之后就递给了孙殊君。

孙殊君以为他是让她帮忙拿着，谁知道走的时候再给他他却说不要了。

"我家里有一个 kindle 了。"

"那我给你折现？"

"不用了，送你了。"

孙殊君一下子顿住了脚步："我不要。"

姜屹挺无奈的："那放办公室一块儿用吧。"

08

素拓回去之后没多久，几个实习生的实习期就到了。

按照惯例，她要去各部门了解情况，还要挨个儿和实习生谈谈，问对方有没有意愿留下。

最后才是姜屹。

她之前在办公室也跟姜屹谈过，她以为他是肯定不会留下的，毕竟以他的学历和家庭背景，会有更好的去处，这里只是他的一个台阶罢了。

没想到他却犹豫了，还说要考虑几天。

“实习期就快要结束了，”孙殊君把他叫到会议室间，“考虑得怎么样了？”

“考虑好了。”姜屹说，“我想留在人资部。”

孙殊君还愣了一下：“啊？你要留在公司？”

“嗯。”姜屹笑了一下，“不欢迎吗？”

“在我们这儿，有点埋没人才了。”

“你这话要是让我舅舅听到了，他肯定要不高兴的。”

孙殊君也笑了：“我只是想给你最好的建议，你学历不低，学的专业也很好，毕业了肯定有很多大公司抢着要，你要不还是再考虑考虑？”

姜屹叹了口气，把下巴磕在桌子上：“别的部门都在拼命留实习生，怎么你还赶我走啊？”

“还不是为你好？”

“我自己也考虑过的，去大公司，就得从基层做起，留在我舅舅的公司，说不定两个月就让我做部长了呢。”

孙殊君：“你做部长？你做部长了，我怎么办？”

“你去做经理呗。”

孙殊君好笑：“行行行，姜部长，你自己决定。”

这声姜部长叫得他浑身舒服：“哎，再叫两声听听？”

“走开。”

几天之后姜屹的实习期就结束了，他回了学校，天天给她发微信吐槽他的毕业论文。

姜屹走了之后，小照就调回来了，工作也轻松了很多。

月底开会的时候，董事长回来了一趟。

董事长很少在公司出现，以前孙殊君也没关注过，但是自从知道了这是姜屹的舅舅，孙殊君就没法不去注意。

会议结束后董事长留了总经理下来，其余人回了办公室。孙殊君心思不在工作上，发了半小时呆，随后总经理敲门进来叫她："孙部长，董事长找你。"

小照比她还诧异："董事长找我们部长干吗？"

总经理脸上有掩饰不住的幸灾乐祸："这我就不知道了。"

孙殊君忐忑地推开了董事长办公室的门："董事长，您找我？"

姜屹的舅舅是个四十多岁的中年男人，看起来很有气度："孙部长？请进。"

他邀请孙殊君在沙发上坐下，亲自给她倒了茶，开门见山地说："我外甥这两个月就是在你手下实习的吧？"

"对。"孙殊君点头，"姜屹在人资部实习了两个月，他很聪明，也愿意学，是个不可多得的人才。"

董事长笑呵呵的："这个我知道，从小我就知道他很聪明，所以才非要让他来我公司实习的，就是他妈妈一直很反对。"

孙殊君也冲他笑笑，一时不知道要说什么好。

"他学历那么高，专业又好，找实习单位的时候就有很多大公司跟他抛橄榄枝了，他妈妈那边也帮他选好了公司，谁知道他来我这里实习两个月之后就决定不走了，把他妈妈气得不行。"

孙殊君莫名有些紧张："这个问题我之前也跟姜屹谈过，他说他很喜欢公司的氛围，又因为您的原因，觉得在这边发展会比较好，所以想留下来。"

董事长笑了笑，意味深长地望着她："是喜欢公司的氛围，还是喜欢公司的某个人？"

孙殊君微微有点窒息，望着他不敢说话。

"我其实不知道的，姜屹没跟我们透露过，上次吃饭也只是对你这个领导赞不绝口，今天我就是想过来看看，没想到你们那个经理会跟我说起这个。"

孙殊君微微咬牙："董事长，您别听别人瞎说，姜屹在公司上班很安分，没谈恋爱。"

"没谈？"董事长挑眉，"这还没谈上？这小子不行啊。"

孙殊君："啊？"

"叫你来不是想指责你，年轻人喜欢谁我管不着，谈不谈恋爱，公司也不会管，主要是想和你说一下姜屹工作的事情。"董事长说，"我原本以为他想留下来，是觉得我公司好，现在看来只是为了你，那我就觉得没必要啦，谈恋爱不是非要在一个公司谈嘛。现在看来他留下来不是为了谈恋爱，是为了追你啊。"

孙殊君觉得自己脸都红了："董事长，姜屹没喜欢我。"

"你别管他喜不喜欢你，我就问你，你喜欢他吗？"

孙殊君没有回答。

"如果喜欢的话，就和他在一起，如果不喜欢，就趁早拒绝他。别让他浪费时间来我这个公司追你，给他妈妈知道了，得劈死我。"

09

孙殊君从董事长办公室出来之后没多久，就收到了姜屹发来的微信，连着好几条。

姜屹：在干吗？

姜屹：我那个实习报告评语想让你帮我重新写一下。

孙殊君回复他：好，要怎么写？我写了寄给你吧。

姜屹：不用寄，我现在在回去的路上，晚点儿直接到公司找你，你几点钟下班？

孙殊君：今晚加班，应该会比较晚。

姜屹推门进来的时候孙殊君正在吃泡面，对方一看见就伸手夺走了："我就知道你加班要吃这个了，所以特意绕路给你买了瓦煲饭和汤。"

孙殊君冲他笑笑："谢啦。"

姜屹把餐盒放到桌上，看了她一眼之后微微愣了一下，然后面色变得凝重了起来："你脸怎么了？"

孙殊君"啊"了一声，捂住脸："没什么。"

"什么没什么，这明显是被人打了。"姜屹急死了，他伸手拿开她捂着脸的手，"都青了，怎么回事？"

"真没什么，就是不小心撞的。"

姜屹皱着眉问："是不是那个老秃驴报复你？"

"啊？不是不是。"

姜屹转身就要出门，孙殊君被吓了一跳，连忙拉住他，结果不仅没拉住，还差点被他带出去，她没办法，只能伸手抱住他的腰："真的不是，我就是这几天在练泰拳，被同组的学员误伤了。"

姜屹身子僵了一下，孙殊君这一抱抱得特别结实，前胸贴后背，姜屹脸都要红了，根本没听清她在说什么。

“姜屹……”孙殊君松开他。

“啊？哦！”姜屹摸摸眉骨掩饰了一下眼神，“你先吃东西吧，一会儿凉了不好吃。”

孙殊君坐下吃饭，姜屹拖着小照的椅子到她桌边坐下，撑着下巴看她：“听说我舅舅今天来公司了？”

“嗯。”孙殊君说，“还特意找我去了解了情况。”

姜屹有点紧张：“他说什么了？”

孙殊君望向他：“你回来到底是因为实习报告，还是因为这件事？”

姜屹没说话。

孙殊君：“你不说，我也就不说咯。”

“是因为这件事。”姜屹老老实实地说，“我担心经理会跟他说你的坏话。”

“他确实说了。”孙殊君说，“他跟董事长说你和我搞办公室恋情，我可能要被开了。”

姜屹一下子就笑了：“我舅舅不会因为这个开你。”

“他为什么不会？”

姜屹望着她的眼睛说：“因为他知道我喜欢你。”

孙殊君本来还想逗他一下的，谁知道他冷不丁地就表白了，弄得孙殊君不知道怎么接话了。

“他是不是还跟你说，如果喜欢我就和我在一起，不喜欢就尽快拒绝我，不要让我为了你来他公司上班？”

“话都让你说完了，我还说什么？”

“你就说……”姜屹声音有点低，也有点紧张，“你选择什么？”

“我选什么？我反正是不选办公室恋情的。”

姜屹看起来有点委屈：“那我不回来上班嘛。”

“哦，那勉强答应你吧。”

姜屹一愣，然后笑了，他伸手捏捏她的脸：“哇，那真的是好勉强你哦。”

“这个汤哪里买的？”

“外卖送不到，以后你想吃，我给你买来。”

“好啊，好好喝哦。”

“真的吗？我尝一口。”

孙殊君递勺子过来，姜屹摇了摇头拒绝：“我要尝你嘴里的。”

孙殊君：“那你先去看看外边还有人吗。”

姜屹飞快地跑出门溜了一圈，然后跑回来，美滋滋地说：“报告部长，公司里没人了，就我们俩！”

“那来尝。”

END

People in love

万有引力

01

“得不到叶教授的人生有什么意义？明天面试我就要去勾引他！”年年收到笔试通过请她明天去面试助理的邮件后得意忘形，非常激动地给她的朋友们发了一条信息。

半天都没人理她，年年划开手机一看差点没被吓死，她发错群了！

此时天体物理系所有人都收到了她露骨的表白。

年年慌忙想点撤回，结果点成了删除。

没两分钟群里就炸了，她被一排“勇气可嘉！此处 @ 叶教授！”刷屏。

年年要吐血了，要是被身为高岭之花的叶教授看到这条信息，那她明天只能自杀谢罪了。

好在艾特了几百条，叶教授始终没有出现。年年还存有一丝侥幸心理，毕竟这位年轻的天体物理学家很排斥社交，他压根就不会去看社交软件。

文 / 喵大人

从科幻惊悚到古风言情，什么类型都能写。立志成为全能型写手。

“为什么会有人喜欢叶教授这种魔鬼？！他挂了我的论文！”

“正常，他挂了百分之九十的人。”

“叶教授跟我们不是一个物种，他的眼里只有暗物质。”

“我怀疑叶教授的背景不是天外文明就是人工智能。”

“我一直坚定地认为叶教授是克隆产物。”

群里转而开始激烈地讨论叶教授到底跟正常人有多不一样。

年年心惊胆战地在一条条恐怖的信息轰炸中辗转反侧了一整夜，第二天她肿着眼睛推开了叶教授的门。

物理学家正靠在窗边专注地看书，日光透过百叶窗的缝隙柔柔地洒了一地，他就坐在斑驳的光影里。

“叶教授您好，我是来应聘助教的年年。”她面对比她年长不了几岁的英俊男人，毕恭毕敬地站着。他这才抬眼看她，好看的脸笼在日影里，一半昏暗一半光明。

这个被投诉率最高的年轻教授、学生和同事眼中不近人情的魔鬼，就是当今久负盛名的天体物理学家之一。

他此刻神色如常，显然是没看到她露骨的表白。

年年松了一口气，不然真不知道怎么面对她多年的偶像。

她恭敬地把手伸出去想同他握手，对面的男人却眼皮都不抬："抱歉，握手是传播细菌的最快途径，我从来不握手。"

物理学家穿着极干净的白衬衣，袖口折叠得很规整。他英俊的脸上满是淡漠："年小姐请坐。"

"叶教授，我给您带了咖啡。"她讨好地递过去。

他好看的眼睛扫了一下随即摇头："我不喝咖啡，咖啡因会损害我的脑神经。"

年年毫不气馁地继续套近乎："叶教授，我在中学时见过您，我们前段时间还一起合作过项目，您还记得我吗？"

"不记得，我的脑子只记有用的信息。"他回答得很干脆。

虽然他一副拒人于千里之外的样子，年年却丝毫不怪他的冷淡，谁让他既是有巨大学术成就的科学家又是她心中多年的白月光呢！

偶像近在眼前，年年控制不住地激动："叶教授，我一直非常崇拜您。我读过您发表的所有文章，尤其是您关于暗物质与修正牛顿力学的理论研究，我一直有疑问想请教您。"

叶教授总算极淡地笑了一下："我看过你发的邮件，你的问题还算有趣。我会给你回复的。"

他长得本来就清俊，一笑就像熠熠日光浮在水面上，让她心湖荡漾。

02

"那资料您都看过了，关于研究助理，您还有什么问题要问我吗？"年年紧张地问。

他抬眼看她："专业上你是最合适的人选，毕竟你学生时期的成绩很好。我也专门读过你的论文，还不错。"

叶教授对学生论文一般只有两种评价："垃圾"和"垃圾都不如"。"还不错"则属于他夸人的极限，这让年年受宠若惊。

"所以我只有一个问题。"

他严肃地看着她："你想和我建立恋爱关系吗？"

年年看着他好看的脸一下就懵了。

叶教授非常严肃地重新提问了一遍："请问应聘者年年，是否有通过当助理从而和我发生恋爱关系的诉求？"

"没，没有，绝对没有。"年年结结巴巴地说。她知道从前跟叶教授表白过的人死得都很难看。

"您怎么会问这种问题？！"她干干地笑，冷汗直冒。

"因为你说得不到我的人生没有意义，今天面试打算勾引我。"他一本正经地说。

年年都快给他跪下了。

"您看到了？"年年欲哭无泪。

“我不瞎。”他耸肩。

“虽然我缺乏社交常识，但也能基本判断出这是求偶行为。你说是吗？”他这话听着像讽刺，实际是很真诚而且很严肃地在询问她。

叶教授的脑回路和正常人不一样，他把所有的脑容量都给了科学，他不理解也根本不想浪费时间理解人类的社交准则。

年年非常无力地点头：“我确实喜欢您很久了，但跟这份工作没关系。请您给我一个机会。”

叶教授点头安慰她：“我不怀疑你的专业性。”

年年又燃起一丝希望：“那您打算雇佣我了吗？”

“不打算。”叶教授残忍拒绝。

“我拒绝一切形式的求偶行为，你会影响我工作。”他起身为她开门。

“慢走，不送。”她的白月光请她出门后，就无情地关上了办公室的门。

年年在冷风中站了半天，难堪变成了愤怒。

他一直以来是她追随的对象，从十年前开始。她从中学时第一次遇见他，就开始了漫长的追逐。他轻松地进了最好的理工学院，没有天赋的她也硬着头皮考了进去还一直维持着好成绩。他和她就像恒星与行星，她这颗行星仰慕他的光辉，永远围绕他转动。年年发誓要成为像他这样优秀的天体物理学家，所以一心想和他一起工作。可他居然就因为自己喜欢他这样随便的理由把她拒之门外，一点机会也不肯给她。

年年越想越上火，她打开手机在整个天体物理系的群里发信息："你不让我喜欢你，我就偏要喜欢你 @ 叶教授"。

年年知道叶教授根本不会理她，但她知道他能看见，她就想气死他。

"那你怎么样才能不喜欢我？" 年年万万没想到他竟然回复了。

"除非太阳炸了！！！" 年年恶狠狠地发了三个感叹号。

然后她就被各种人几百条一模一样的信息刷屏了："NASA 太阳观测活动显示，一百年内太阳状态良好 @ 叶教授"。

年年作为真正的勇士，因为敢于直面没有人类感情的叶教授而在理工学院闻名。为此，天体物理系的学生成立了"年年倒追叶教授可行性研究与观测小组"。

03

但很快，年年就发现追求叶教授这种没有感情的机器可比研究暗物质难多了。整整一周，年年连叶教授的影子都没见到。她的无计可施导致"年年倒追叶教授可行性研究与观测小组"的研究报告一片空白。

就在年年愁眉不展的时候，她意外地收到了叶教授的邮件。邮件里同意了雇佣她当自己的研究助理，并请她立刻开始工作。

"为什么您改变了主意？是不是认可了我的专业水平？" 年年为他的退让洋洋得意。

"不是。"他断然否决。

"因为其他人干了一周都不肯继续了，他们要投诉我人身攻击。"

叶教授语气平常。

“这显然不是我的问题，我早就跟他们说过我的专业不是语言学而是天体物理。”

“所以我现在是唯一一个肯为你工作的人？你现在不怕我的求偶行为影响你工作了？”她挖苦道。

“这个问题我重新思考过了，我不认为智商不如我的人有能力对我产生负面影响。”叶教授极为认真地说。

这句话成功地激怒了年年。她凑近他，在离他鼻尖还有几厘米的地方停下了：“你的结论下得太早了。你听好，从这一秒起我会追求你，158小时之内你会爱上我。然后，你会一直爱我，直到你死亡的那一天。”

叶教授神色坦然地看着她：“我不同意你说的每一个字，但我尊重你提出假设的权利。无意义的社交谈话到此结束，我们可以开始工作了吧？”

年年刚从办公室出来就被同专业的学弟堵住了。

她被突然蹿出来的人吓了一跳：“学弟，你不去做实验在叶教授门口蹲着干吗？”

他拿着笔记本：“我现在就在做实验。学姐，我现在是‘年年倒追叶教授可行性研究与观测小组’的成员。请问你们进展到哪一步了？”

年年思考了一下：“如果你是问研究进展，我们初步设计了一个程序来观察天体粒径分布。如果你是问情感进展，他很讨厌我。”

学弟开始记录：“周一上午九点整，观测对象进入同一活动区域。观测对象互相排斥。”

年年蹙眉："你们很闲吗？"

"由于你的心上人把我们的论文全部挂掉了，导致我们只能等待重修。所以没错，我们现在非常闲。"学弟没好气地说。

年年苦笑："但我没懂你们这个研究的意义在哪，仅仅是通过嘲笑我来打发时间？"

学弟鄙夷地看着她："当然不是，我们怎么说也是有科学精神的人！科学研究的假设只有在有可能性的情况下才会继续实验。我们都认为叶教授可能对你有意思。"

他看年年一脸茫然，继续解释："毕竟，他为了重新给你一个机会做研究助理，推掉了其他人。"

"等等，叶教授的说法是所有和他合作的人都投诉他……"

年年反应过来了："他在说谎？为什么？"

学弟得意道："你看，这是很有研究价值的问题吧。像他这样毫无人性的人为什么做这种反常举动？"

他拿着小本子继续提问："年年学姐，据说你和他认识早在十年前？在你上中学的时候？"

年年不得不佩服："你们在数据挖掘方面真的很专业，那是我第一次向他表白。"

"结果呢？"

年年苦笑："当然被拒绝了。不过他从某种角度来说挽救了我的人生。"

学弟撇嘴："你确定？从他给论文打分的凶狠程度来看，他更擅长毁掉别人的人生。"

04

年年第一次见到他是十年前，她十五岁，他十八岁。

那时年年是染着红头发的不良少女，物理课从来不听。而他已经是最年轻的博士之一，研究粒子天体物理。

他受邀来她的学校做讲座，他在台上谈一些浅显的物理理论，她在台下一个字也没听进去。

她只知道那天阳光很好，他琥珀色的眼睛非常漂亮，像玻璃杯里滟滟的酒让人着迷。

年年只记得他演讲说的最后一句话："什么是天体物理？我们的研究为了什么？我很喜欢田中芳树的一句话：我们的征途是星辰大海。"说这句话时，他眉宇之间满是骄傲和执着。

那一瞬间，年年的心在狂跳。这个骄傲的少年从此让她一记好多年。

"请问各位同学还有什么问题吗？"他的演讲结束了。

寂静的礼堂只有红头发的女孩举手了。

年年完全是头脑发热，她想都没想就站了起来。

"这位同学请提问。"他淡淡地看着她。

"叶学长，请问你喜欢什么类型的女生？"

一片哗然，所有人都看好戏般等着他回答。

他极浅地笑了一下："第一，不染红头发的。"

一阵哄堂大笑，年年却不以为意："我记住了，你等着我！"

他在散会后半个小时被年年堵在了校门口，她的头发已经染成了黑色。

“你看，我已经不是红头发了。你能不能考虑一下喜欢我？”她满是期待地看着他。

“根据量子力学对多宇宙的理解，这世上存在无限的宇宙。在每一个宇宙里有不同的你和不同的我。所以从概率上来讲，总有一个宇宙里的我是喜欢你的，但绝对不是我们现在所处的这个。”他拒绝了她的表白。

年年意外地听明白了，也难得地认为物理很有趣。

“那你之前说了第一点，第二点呢？”

“第二点，如果你考进了我们学校的天体物理系，我就告诉你。”他摆明了打发她。

年年很泄气：“我不可能考上大学的，所有人都说我考不上。”

他摇头：“这种说法不严谨，只能说你考上的可能性很低，但不是绝对不可能。毕竟根据无限猴子定理，如果是无限时间，猴子都有打出莎士比亚的可能性。”

年年很激动：“你是说我有可能考上大学？！你不是随便说说吧？”

他蹙眉：“小姐，科学家不会随便说说，我说的每一句话都有理论支持。”

物理学家低头看了看表：“坐下，把你的物理书拿出来。我还有两个小时的休息时间可以做个教学实验。”

他翻开她空白的教科书：“首先，你得告诉我关于物理知识你会多少？”

年年苦思冥想了半天摇头：“我只知道牛顿。”

他把书扔了："比我想的情况好，那我们就从万有引力开始。"
年年本来是想表白，结果被迫上了两个小时物理课。

"所以，我已经把教科书第一年的内容讲完了。你还有问题吗？"
年年难以置信："我没想到我居然能听懂，你绝对能当一个好老师。"
他轻笑："老师？我会是终身制教授。"
年年很感动："你这样的科学家居然愿意教我中学物理，谢谢你。"
"不，我应该感谢你。我一直想对倭黑猩猩做教学实验都没机会实现。你从某种角度来说帮我实现了这个心愿。"物理学家难得地对她微笑道。

年年就是在这个时候真正喜欢上他的。尽管叶教授把她比作倭黑猩猩，刻薄傲慢又目中无人，但这个骄傲的物理学家鼓励了她，让她在两个小时之内学会了她以为永远学不会的东西。
她浑浑噩噩的人生第一次有了理想，她要成为像他这样的科学家。

05

学弟听完后脸上浮现出嫉妒的神色："他把你比作倭黑猩猩？我现在确定叶教授对你很不一般。你要知道我们这些研究生对于他而言只是黑猩猩，智商普通的人对他来说连灵长科动物都不算。"
年年没跟上他跳跃的思维："这有区别吗？我们在他眼里都是猩猩。"
学弟很不满："当然有！倭黑猩猩比黑猩猩更聪明、温顺、亲近人。"
"好吧，所以你的论点是叶教授对我有意思。论据是他认为我是倭黑猩猩，并且先羞辱了我再施舍般的给我研究助理这个工作？”

学弟点头：“完全正确。”

年年神色复杂地看着他：“我现在明白你论文没过的原因了。”

学弟拉着她还想继续展示他惊人的发现，年年打断了他：“你的想法很有趣，但我还有数据分析要做，晚上要送到叶教授家里。所以你就接着做你无意义的实验报告吧。”

“等等，叶教授给了你他家的备用钥匙？他允许你进他家门？”学弟叫出声。

年年受不了他的一惊一乍：“当然了，不然我们怎么继续工作？”

学弟难以置信：“你还没意识到问题吗？没有人可以进到叶教授家里，他有高度洁癖和强迫症！”

“我当然知道他有强迫症！你已经浪费我一个小时了！所以如果我没有按时做完工作并准时出现在他家门口，他肯定会让我滚！”年年焦躁起来。

学弟看着年年发怒远去的背影，默默地打开了笔记本记录道：“观测对象情绪激动、易怒，其他行为有待观察。”

尽管晚上下了暴雨，年年还是冒着雨准时给叶教授送资料。

物理学家打开门，他微微蹙眉：“你淋雨了，不要紧吧？”

年年受宠若惊：“雨也不算很大，谢谢关心。”

他淡淡道：“我并不关心，我只是怕你影响我们的工作进程，我们今晚至少有三个小时的工作量。”

年年头疼：“那我岂不是只能睡六个小时？”

他点头："六小时是个合理的睡眠时间，科学研究表明睡眠时间太多的人比一般人死亡率高25%。"

年年无力地打开笔记本电脑："谢谢你延长我的寿命。"

尽管年年尽力专注在工作上，但淋雨使她没过多久就发烧了。

物理学家很难得地显示了有人性的一面，拿温度计帮她量体温。

他看着温度计上的度数蹙眉："年小姐，我必须要问你，你之前有没有被奇怪的人、动物或者不明生物咬过？"

年年很懵："没有，为什么这么问？"

他非常严肃："发热的可能性很多，严谨的考虑下如果你被咬过，可能会是丧尸病毒或者异形……"

年年揉了揉眉心："我不会变异！我只是淋了雨普通地发烧。"

"好，那我送你去医院。"他起身拿车钥匙。

"我也不需要去医院，我回家睡一觉就好了。"她勉强站起来。

"不行，你不知道发烧有多危险吗？"物理学家把她按回椅子上。

"理论上来说，如果不接受治疗，你将有死亡的风险。"

年年放弃了和一个严谨的科学家争论可能性的问题："反正我不要去医院！"

"那你就留在我家，我照顾你。"他蹲下来和她视线平齐。

"你现在是行走的病原体，我不会让你到大街上去传染别人的。"

年年一度认为是自己发烧产生了幻觉，高度洁癖的叶教授居然要照顾她！

"你，你不怕我传染给你？"

大概是年年的持续幻觉，他轻轻笑了：“我一向舍己为人。现在我需要你去洗澡，躺到我床上睡觉，顺便把你律师的联系方式给我。”

年年现在非常确定自己处于幻觉当中了。

物理学家看她一脸困惑，好心地提醒她：“你不用担心病菌残余在我家里，你碰过的东西我会全部烧掉。”

“不是，为什么你要我律师的联系方式？”

他连连摇头：“年小姐，作为科学家你能不能有一点严谨的思维逻辑？鉴于你不肯去医院，如果你几个小时后快死了，我得第一时间联系你的律师帮你立遗嘱。”

年年按了按突突直跳的额角：“你可真体贴。”

06

感谢发烧，年年终于有机会躺到了心上人的床上。平日里冷漠又不近人情的叶教授现在非常耐心地亲自喂她喝药。

他的举动异常温柔，让年年毛骨悚然，总觉得他看她的眼神像在看某种实验品。

“叶教授，你现在不是在拿我做实验吧？”她小心翼翼地问。

物理学家思索了一下：“理论上来说，我早就拿你做实验了，并不是现在才开始的。”

年年吓得差点把药全吐出来。

“我仅仅是喜欢你而已，不至于要毒死我吧？”

他温柔地安抚她：“放心，我没有对你的药做什么。认真照顾你是我实验的一部分。”

年年崩溃：“到底是什么实验？！”

他神色如常："严格上来说，这个实验是为了解决十年前我对你做的教学实验所引发的后续问题。

"上一次实验时间是十年前，周三，下午两点零七分，实验对象也就是你当时穿着一件黑色连衣裙。"

年年难以置信地看着他："我面试助理的时候你不是说不记得我吗？你说你的脑子只记有效信息？"

他鄙夷地看着她："年小姐，不得不说你缺乏基本洞察能力。像我这样智商的人是过目不忘的，我能记得五岁之后的每一天。"

"好吧，那么上一次的实验引发了什么问题？"

他沉默了几秒开口了："十年前你说喜欢我，十年后你还说喜欢我。我必须承认再次见到你的时候我产生了一些无意识的情绪波动和生理反应，比如心跳加速、体温升高，甚至短暂的思维混乱。所以我当时拒绝了你当助理，显然你会影响我。"

年年脸红："那你知不知道你为什么会对我有无意识的情绪波动和生理反应？"

他蹙眉："当然不知道，这就是实验的目的。我把你招回来就是为了弄清楚原因。"

年年凑近他："有一个更快能弄清楚的方法，你要不要试试？"

她的声音骤然压低："吻我一下你就知道了。"

物理学家很抗拒："我不认为这有科学依据。"

年年不依不饶："吻我一下你就知道了。"

"所以说，你吻……"他猛地俯身吻住了她，气息交缠。

过了好一会，他慢慢放开了她。

“你现在觉得怎么样？”年年红着脸问他。

“体温升高，呼吸紊乱，心跳加速。”物理学家很精准地表达了他的状态。

“那你知道这代表什么意思吗？”年年害羞地低下头等他表白。

“废话，这是常识。”

叶教授严肃地说：“接吻比握手传播病菌的速度更快，我被你传染了！几个小时之后我就会发烧。根据我现在心跳过速的情况看，我多半还得了心肌炎。”

他叹气：“年小姐，如果别人问你为什么我病死了，你要知道那是因为十年前我好心教了你物理。”

年年沉默了半晌，还是不甘心地问：“你难道就没有考虑过一个更合理的可能性，比如你也喜欢我？”

物理学家看她的眼神既同情又鄙夷：“年小姐，显然发烧影响了你最基本的认知能力。”

07

年年愁眉不展地坐在实验室对学弟抱怨：“我真不知道现在该怎么办，他显然也喜欢我，可他意识不到。都快一个月了，他怎么也不肯承认他对我也有感情。”

学弟一边听她唠叨一边用氧碘化学激光煮了咖啡，又用 3D 打印机打印了巧克力。

“这很正常，叶教授不相信爱情，他说爱情就是人类为了繁衍而进行的自我欺骗。”

他打开笔记叹气："现在坏消息是我们的研究进入了僵局。"

年年苦着脸："还有好消息？"

学弟往她嘴里塞了一块巧克力："好消息是打印出来的巧克力真的很好吃！"

突然，实验室的门被推开了，叶教授怒气冲冲地看着他们。

"你们把物理实验室当厨房？"

学弟立刻把咖啡塞到年年手上："都是年年学姐干的，叶教授再见。"

物理学家盯着年年，凉凉地笑了："你就是这样喜欢我的？和其他男生互相喂巧克力？"

年年张嘴刚想解释，叶教授就打断了她："你知不知道昨天的数据全出错了，都是因为你。因为你成天和这个拿实验室当厨房的人混在一起。"

"可是昨天的数据不是我做的，更不是学弟做的，是你自己犯的错呀。"年年很无辜。

叶教授叹气："都怪你扰乱了我的思维，我一想到你和他天天黏在一起就没法专心。"

年年一瞬间脸红，像蚊子哼一样问他："你是不是终于意识到喜欢我了？"

物理学家没听见，自顾自地继续："我知道你现在的行为叫移情，这在灵长科动物身上很常见。雌性猩猩求偶被拒绝后会立刻找一个新的雄性。你得不到我，就想找一个低配版的我。"

"啊？"年年又一次被他的科学理论折服。

叶教授非常严肃地说："年小姐，我必须提醒你，就算我拒绝了你，你也不能这样自暴自弃。你怎么说也是有着专业素养的科学家，怎么能和一个拿着液氮只知道做冰激凌的研究生在一起？你有没有为你后代的智商做考虑？”

年年有些上火了：“你就不能像正常人一样说你吃醋了，承认你也喜欢我？”

“我不能承认不存在的事情。”他毫不迟疑。

“很好，你既然不喜欢我，那我也不要喜欢你了。”年年赌气地说。

叶教授神色微变，显然有些慌乱：“作为科学家，你怎么能遇到困难就放弃呢？哥白尼遇到阻力放弃日心说了吗？”

“没有，所以他被烧死了！”

年年发怒了：“我的人生不是物理实验，除非你承认对我的感情，不然我就去喜欢其他人。”

她转脸就想走，手腕却被他死死扣住。

年年还没反应过来，就被他按在了实验台上强吻。

“年度大戏，洁癖的叶教授居然会强吻年年学姐。”学弟缩在实验室的窗后录现场直播。

“年年倒追叶教授可行性研究与观测小组”炸了：“这确定是我们冷漠无情的高岭之花？不是克隆体？”

“为什么不能考虑得现实一点，他也许只是发生了变异。”

08

自从在实验室不欢而散之后，年年和叶教授陷入了冷战。

除了工作之外，叶教授不和她多说一句话。

“我今天拿到了核磁共振的脑部扫描结果。”几天以来，他第一次主动开口了。

“你生病了吗？”年年很担忧。

“当然没有，我是为了回答你的问题才去做的核磁共振。”他递给她一个文件夹。

“这里面是我的脑成像报告和基因检测报告。”

年年皱眉：“你说的好像是人话，但是我一个字也听不懂。”

物理学家严肃地说：“我的脑成像显示当我想你时我的大脑分泌了多巴胺、去甲肾上腺素、五羟色胺，这科学地解释了为什么我会因为你而心跳加速、思维混乱。”

年年点头：“很好，把这些神经生物学术语去掉重说一遍。”

“你得寸进尺。”他耳朵红了。

物理学家和她僵持了几秒终于认输了：“我爱上你了，这是经过科学验证的客观事实。

“我说不出喜欢你的理由，但我们确实像万有引力规定的那样互相吸引。所以我想爱情也许本来就是偶然的突发性事件，就像宇宙大爆炸从一个奇点到万物只在一瞬间。

“顺便，根据我的基因检测报告，你可以找到至少五十条选择我做配偶的合理理由。”物理学家很得意。

年年怔了怔：“所以，你就是用脑成像和基因检测来表白的？”

“不，那只是用来陈述客观事实的。为了表达诚意，我准备了一件礼物送给你。”

礼物？年年再一次受宠若惊，虽然她知道他准备的多半是和基因检测报告差不多古怪的东西。

叶教授非常郑重地看着她："我要送你一颗小行星的命名权。理论上来说我们只能在世上存在600000小时，之后就会分解成原子消失在宇宙中。但由你命名的星球会存在百亿年甚至更久，哪怕人类灭绝、地球毁灭，它也会一直存在于宇宙中。这是真正意义上的海枯石烂、地老天荒。"

他送了一颗星星给自己？年年感动得半天都说不出一个字。

物理学家很紧张："你不喜欢小行星？其实我也觉得恒星的命名权更有价值，但是你得再给我一点时间……"

年年扑过去紧紧拥住了他："我很喜欢，谢谢你。"

叶教授温柔地看着她，突然想到什么表情凝固了。

他打开手机发了一条消息："我再强调一遍，望远镜是给你们观察天体的！不是用来窥探教授隐私的！"

当天下午四点零八分，"年年倒追叶教授可行性研究与观测小组"终于完成了他们伟大的实验，同时也被叶教授处以一级警告。

"叶教授，我们功不可没啊，论文能不能把分打高一点？"

"不合格的全部重做！"

END

People in love

恋爱中的人
都是有毛病的

01

扛着长枪迈着长腿的枪炮师和蹦蹦跳跳的萝莉法师打完了地图里所有的怪，停下来休息。

云朵悠悠荡荡，飞鸟不时划过天际，柔和美好的景色循环往复着。

气氛有那么一点融洽。

枪炮师：喏，送你一个戒指。

法师站着一动不动。

枪炮师：你干吗呢，捡啊，等着我给你戴啊?

过了好一会儿，法师动了动：不用。抱歉，消失两个月。

枪炮师：啊？？？

枪炮师：加点属性而已，没别的意思，不至于落跑吧。

法师的头像瞬间灰了。

枪炮师：喂！

查雯合上电脑，又看了一眼手机上刷出来的热门微博。

文 / 喵咪戴戒指
暖萌脑洞段子型选手，少女人设号称永垂不朽。公号【小火炖牛腩】，微博 @小火炖牛腩，作品《奇怪的江湖》系列。

世界第一爱豆：@世界第一爱豆与 @Global music 达成合作，联手百家经纪公司，即将开启中国首档爱豆选秀节目。节目旨在挖掘潜力新人，打造唱跳俱佳的优质爱豆。谁将成为你眼中的世界第一爱豆？5 月 20 日，敬请期待。

配图是节目的宣传海报，上面公示了参加此次选秀的经纪公司，查雯的小破公司橙乐文化赫然在列。

想起刚才打给经纪人的那通电话，查雯的脸皱成了一个倭瓜。

“旗子，我问你一个问题。”

“一个问题一百元。”对面声音很愉快。

“周八旗，我上周刚上过拳击课，教练说我打得不错呢。”查雯轻描淡写地恫吓。

“……您有什么问题尽管问，在下一定知无不言言无不尽！”

“我们公司除了我以外还有其他艺人吗？”

“没有了。”

"那要去参加'世界第一爱豆'的是谁？"

"不是老板，不是我。你猜？"贱嗖嗖的语气。

"……周八旗！我一个演员，你让我去选爱豆？！"

"如今真人秀拼的都是演技，正好对口，对口……"

"……我信了你的邪！"

查雯仰面倒在沙发上，悟出了一个重要的人生哲理——打游戏还是要专心，不能趁着间隙刷微博。

02

人生总是艰难的。

一个36线的小演员如今也要去竞选唱跳爱豆了，特像是手无缚鸡之力的书生乍然混进了华山论剑的现场。

查雯在心里默默地为自己点了一根蜡烛。

录制的地点是在北京郊区新建的1895创意园区，节目组大手笔租了半年，划出了赛区和生活区。选手们在参赛期间都会被关在这里，1800个摄像头全程跟踪记录。

"变态。"查雯坐在园区的咖啡馆里，抱着杯子，心如死灰地吐槽。

傍晚绮丽的霞光透过落地玻璃窗的格子打进来，她的侧脸染上艳色，面上白里透红，连带着整个人都馨甜起来。

坦白说，查雯的这张初恋脸，是真的能打。

周八旗暗自兴奋，笑嘻嘻地说："不用担心，像你这么盘靓条顺的……"话说到一半，对面眼神如刀，横劈过来。

"……呃……没有业务能力，也就一轮游。"

查雯乐了："借你吉言。"

“虽说这次是老板卖人情给朋友，让你来凑个人头，”身为一名优秀的经纪人，周八旗还是不死心地坚持动员自家选手，“可说不定也是一个机会呢。”

查雯拧眉，漫不经心地说：“什么机会？成为顶级流量爱豆，像刘佰京那样？歌唱得一般，舞跳得一般，还到处尬戏，除了长得好，人气高，他凭什么当总导师？整个一绣花枕头。”

“啪！”突然来了一人。

漂亮修长的五指按在桌上，高大的身形微微俯身挡住了落日余晖。

查雯整个人笼在了阴影里。

只听那人气冲冲地说：“这位大姐，你有事吗？！”

你才是大姐，你全家都是大姐！

查雯腾地站起来，没想到还是低了人一头。头一仰，那人刚好低头，五官骤然放大，逼了上来。狭长的桃花眼，标志性的泪痣。是了，是绣花枕头本人没错了。

查雯心虚地坐了回去：“……没事。”

刘佰京戴着口罩，皱着眉头，居高临下地瞪她。而后冷哼一声，前呼后拥地走出了咖啡馆。

年纪不大，派头倒挺大。

门口的风铃因为某人的余怒叮叮当当地响了好一阵，咖啡馆里放的歌也换成了意味深长的《凉凉》。

周八旗幸灾乐祸地笑：“你完了。”

04

起初查雯不以为意，反正她也不求晋级，得罪导师并没有什么大不了的。

直到晚上第一次录制的时候，她才知道，迷妹们口中神仙下凡、美貌每天都在营业的顶级流量刘佰京是有多么的小！肚！鸡！肠！

查雯上台，坐在导师席当中的刘佰京从资料卡上抬眼，神情冷峻，嘴角抿出一丝淡漠的笑。

“茶雯？”刘佰京眼神睥睨，霸道总裁般地开口。

原本还有些不寒而栗的查雯顿时笑了，顶级流量原来还是文盲人设。

刘佰京不满地挑眉：“笑什么？”

查雯敛住笑意，一本正经地回：“抱歉，我想我是姓查。zh–a–zha。”

刘佰京面无表情，后槽牙磨得霍霍直响。旁边的音乐导师忙打圆场：“中国文化果然博大精深，活到老，学到老。查雯选手，开始你的表演吧。”

查雯中规中矩地唱了一首歌。

不难听也谈不上好听，音乐导师点点头，官方地点评了几句，在表格上打了个叉。

这样的长相直接淘汰有点可惜了。舞蹈导师问：“会跳舞吗？”

查雯摇摇头。

“你的资料上写，你是个演员，”刘佰京突然开口，眼神像鹰一样锐利，似乎要在查雯的身上啄出两个窟窿来，他嘴角一弯，“那么给我们演绎一下疯子吧。”

查雯很想骂人，这家伙怎么跟小学生一样无聊又幼稚，眉宇之间还隐隐透出一股洋洋得意，好像自己出了一个多么了不起的招数一样。

"好的，那我就献丑了，各位导师不要介意啊。"

刘佰京还没来得及琢磨查雯为什么要说不要介意，就见查雯弄散了长发，走到他跟前，拿起桌上的水，泼了他一脸。

整个动作如行云流水，一气呵成。

轰。刘佰京的脑袋炸了，条件反射般地站起来，指着查雯的鼻子："你有毛病啊！"

"你走开，"查雯眼神突然变得惊恐，声音柔弱得仿佛来自虚空，"你……你……还有你们，都说我疯了，可究竟是我疯了，还是这个世界疯了？只有他，只有他说我好，你们，你们把他弄到哪里去了？啊？弄到哪里去了？"

颤抖的尾音在空旷的演播厅里回荡，入耳竟辨不清虚实。查雯柔情万丈的视线与刘佰京纠缠在一起，眼角适时地滑下了一滴泪。

刘佰京心头陡然一颤。

查雯的演技不差，只是做不来应酬与逢迎，才一直在36线蹦跶。

她的眼睛生得也好看，平常散漫惯了，在姣好的五官里，不觉得特别出彩，方才刻意运用起来，便有些摄魂夺魄了。

"啪啪啪……"音乐导师和舞蹈导师相继鼓掌。音乐导师把之前的叉划掉，又改成了勾。

"哼。"刘佰京回过神来，气愤地打了个大大的叉。

一票反对，两票同意，查雯晋级了。

04

查雯原本以为这一段正式播出的时候，是要被剪掉的。

可她泼的水，是赞助商的水。

金主爸爸很开心，又追加了投资，强烈要求这一段一刀不剪。

节目组战战兢兢地去询问刘佰京那边的意思，刘佰京一想起这事儿就来气，凶巴巴地回道："剪辑的事儿来问我做什么，你们是没有后期吗？"这人一向抓不住重点。

于是热爱搞事的节目组便顺水推舟地一刀未剪，节目在半个月后就这么播了出去。

当晚，"刘佰京被选手泼水"上了热搜，连带着"世界第一爱豆"也上了热搜。

节目组当然喜闻乐见。

泼水视频下的评论宛如大型修罗场。

@守护刘佰京：强烈要求查雯滚出世界第一爱豆，同意的点赞。

@这样的美貌是真实存在的吗：气炸了！现场的工作人员是死了吗？不会拦着？@世界第一爱豆，请节目组给出合理的解释。

@刺猬宝宝：我家爱豆的职业素养也太好了吧，要是我在场，一定会忍不住……哈哈大笑的。对，我是隔壁音乐导师的粉。

@小号溜达回复@刺猬宝宝：呸，不是我家粉，举报了。

@Louis应援基地：@世界第一爱豆这样的选手也能过海选？请问贵节目的选人标准是什么？

@路见不平拔刀相助回复@Louis应援基地：@世界第一爱豆这样的废材也能当导师？请问贵节目选导师的标准是什么？

@廊桥遗梦：没想到我的小墙头以这种形式火了～刘佰京的脑残粉们能摘下滤镜看看吗？分明是你家主子不怀好意在先的，抱走我家查雯不约。

@刘佰京小天使回复@廊桥遗梦：给机会让选手展示特长也叫不怀好意？我看你在这里带节奏才是不怀好意吧。祝你的正主糊穿地心！

@路人甲：炒作！下一个。

@一朵云飘过：路过，看起来这妹子的演技确实比某流量好很多啊。

@查雯勇士：被圈粉了，特地建了个号来追星，查雯小姐姐冲鸭！

@七颗星：只有我一个人觉得这两人有点配吗？

@星球坠落回复@七颗星：配你个头！

@胡思乱想回复@七颗星：你的眼睛是什么时候瞎的？

血雨腥风中，也夹杂了一些画风清奇的评论。

@九九八十一：呜呜呜，心疼我家京京。可是被泼了水头发湿漉漉的哥哥，看起来格外好看是怎么回事？糟糕，我觉得我的脸上有一点发烧。

@GHFN回复@九九八十一：同样是九年义务教育，这位小姐妹，你为何如此优秀。恕我直言，我也有同感，捂脸。

@×牌矿泉水回复@九九八十一：×牌矿泉水，你值得拥有。

@kds48回复@九九八十一：开车了，开车了，午夜列车，要上车的小姐妹请有秩序地排队领取号码牌。

@魏璎珞biubiu回复@kds48：1

@再也不熬夜了回复@kds48：2

……

网上闹得沸反盈天，处于风暴中心的两人却是浑然不知。刘佰京最近接了部民国戏，马上要开拍了，正在埋头钻研剧本，两耳不闻窗外事。就他那个冲动的性子，搞不好知道了会亲自下场 battle，因此经纪人和助理也没敢告诉他，多一事不如少一事。查雯则是被节目组没收了手机，过得像个原始人，外界的任何消息，均无从知晓。

倒是查雯的老板打了个电话给周八旗，叮嘱他一定要去慰问一下查雯。姑娘可不能被网络暴力给吓跑了，毕竟他家就这么一个宝贝艺人，金贵着呢。

05

周八旗去园区找查雯的时候，查雯正独自在练习室对着镜子反复练习一段动作。室内空调打到了 25℃，她依然大汗淋漓。

“咦？”周八旗递过去一瓶水，老怀大慰，“这是太阳打西边出来了？”

查雯撇撇嘴，接过水，咕咚灌了一大口。

她也很无奈啊。这里的选手们，男男女女全都跟打了鸡血似的，不要命地练习。这种氛围底下，她也不好意思摸鱼了。

莫名其妙过了初选，又莫名其妙被点燃了激情。查雯觉得自己最近的运势，很迷。

周八旗还想再说点什么，练习室的门被推开了。

查雯抬眼望去，对方的视线也正好投来。嗯，确认过眼神，是彼此讨厌的人。

“我要是跳成你这样，我都不好意思停下来喝水。”刘佰京抱着手臂，嫌弃地说。

呵，你也就只能和我比比了。查雯腹诽，面上却是摆出一副乖巧的姿态：“好的，牛板筋老师，我这就开始练。”

刘佰京瞟她一眼，下巴微抬："你叫我什么？再叫一遍。"

查雯故作讶异："牛板筋老师啊，有什么不对吗？"

刘佰京气得牙痒痒，字正腔圆地强调："是刘！佰！京！"

查雯一脸歉意："牛板筋老师，抱歉啊，我们南京人说话都是 nl 不分的。"

刘佰京收回视线，嘲讽地笑："普通话都说不好，还想当什么爱豆。"

查雯毕恭毕敬："是是是，老师教训得是，我往后一定好好练习普通话。"

像是一拳打在了棉花上，刘佰京心里堵得慌。

女孩子明眸皓齿，笑脸盈盈地看着他。T 恤都贴在了身上，起伏的轮廓被汗水勾勒出形状。

刘佰京突然就没了搞事的心情，郁闷地跑去察看下一个练习室的练习情况。

他人长得高大，肩也宽。浅色竖条纹的衬衫包裹着匀称的躯体，背影看起来十分挺拔有型。也难怪小姑娘们会被迷得神魂颠倒，成天吹彩虹屁了。

可惜啊，这么好的身材，头脑简单了些。倒是有点反差萌。

咦……查雯赶紧嫌恶地摇摇头，把最后的这个念头请出了自己的脑子。

围观了全程的周八旗回去跟老板报告：放心吧，我们家艺人机灵着呢，活蹦乱跳得很。

06

第二次录制，是个人指定曲目的舞蹈考核。

选手们大多游刃有余，有表演得不太好的，也仅限于忘了一两个动作。

查雯就不太行了。她临时抱佛脚练了几天舞，浑身酸痛，苦不堪言。表演的时候，完全是凭肌肉的记忆在做动作，根本顾不上到不到位。满脑子都是来自内心的弹幕——这轮总该淘汰我了吧。

节目组可不这么想。

第一期节目播出后的热议让他们尝到了巨大的甜头，于是对查雯格外用心。服装都是造型师单独为她准备的热裤和短款衬衣，色系也居心叵测地和刘佰京一贯的穿衣风格保持了一致。

于是每一个扭胯，女孩子白嫩纤细的腰肢都会露出一小截，监视器上也是满屏的大白腿。

刘佰京看着心烦，全程黑脸。

打分环节是闭麦的，三位导师需要一起讨论，再给出最终分数。

刘佰京："零分。"

另两位导师惊着了："虽说跳得不算好，也不至于零分吧？"

刘佰京冷哼一声，微微扬眉："你们没看出来吗，她就是想勾引我，品行十分不端！"

两位导师相视一笑，无比同情舞台上的查雯。圈子里都传，刘佰京傲娇又自恋。今天看来，的确如此。

气氛就这么僵住了，好在耳机里适时地传来导播的声音："三位导师，麻烦让她低分过。"

于是被盖章"勾引"的查雯没等来淘汰的信号，反而再次晋级了。

刘佰京只当查雯有什么不可告人的后台，十分不屑地拿眼横她，殊不知他自己就是后台本人。

查雯不明所以，白白被人瞪了一眼，当即不甘示弱地瞪了回去。

两人的视线胶着在空气里。

导演对这个画面十分满意，回头花字一打，就是郎情妾意了。

07

录制结束，刘佰京马不停蹄地飞往南京，参加新戏的剧本研讨会。

直到飞机落地，人坐在了研讨席上，他的肚子里还装着一股无名火。

新戏的女主角是刚毕业的新人，见到刘佰京格外激动，中途休息的时候，不断找话题与他攀谈。刘佰京安静地坐着，既不拒绝，也不搭话，不知在想什么。旁人都是动态图，就他是张静止图。

姑娘脸上挂不住了，放弃了搭讪，转头同大伙儿说："南京这边有很多美食，一会儿结束了，大家要不要一起吃个饭啊？"

主创们纷纷搓手响应："好啊，你是南京人，我们就跟你走了。"

刘佰京突然抬眼看那姑娘："你是南京人？"

姑娘一怔："对啊，怎么了？"

刘佰京："叫我名字听听。"

"啊？"姑娘脸一红，愣了片刻，看他神情不像是开玩笑，这才试探地喊了声，"刘佰京？"

刘佰京皱眉："不是说南京人都nl不分的？"

姑娘笑了，俏皮地说："没有啦，现在的年轻人都分得很清的。"

姑娘又说了什么，刘佰京再没听进去。他眯了眯眼，脑海里全是查雯笑嘻嘻的脸以及她清脆的声音。

"我们南京人说话都是nl不分的。"

现在想想，什么nl不分，南京的南，她分明念得很对。

再往前想，咖啡馆里，她在背后议论他的时候，似乎也是能准确地叫出他名字的。

哼。

刘佰京想立刻搭飞机回去捏爆她的脸。

那张笑起来眉眼弯弯，又带着几分狡黠的、好看的脸。

08

当然捏脸这事儿，刘佰京没干成。剧组的剧本研讨会，连续开了一个星期，直到《世界第一爱豆》录制的前一天，才放他们回去。

候机的时候，刘佰京拿出手机打开了好久没上的微博。

自恋的人当然要先搜一下自己。

他在搜索框输了名字，没想到关联词居然是查雯。点进去，搜索结果第一条是评论上万的泼水视频。

刘佰京点开视频，饶有兴趣地看了起来，时而眉头蹙紧，时而嘴角扬起。

从第三者的视角来看，这个查雯好像还行啊。

经纪人在一旁心惊肉跳，生怕有什么触了他的逆鳞。

视频看完了，刘佰京又兴致勃勃地点开评论看。

看到热评前几条。无聊，这有什么好吵的。

再往下看。

@七颗星：只有我一个人觉得这两人有点配吗？

刘佰京心情突然愉悦起来，把这条评论翻来覆去看了好几遍。觉得不够劲儿，又点进这个七颗星的主页，发现居然有一个“蚊子与鲸”的 CP 超话。

阅读 5 亿，帖子 1.4 万，粉丝 9 万。

最新的微博——

@linda：我不管，这一定是情侣装。

配图是第二次录制的时候，查雯在舞台上穿着米色短款的衬衫，刘佰京在导师席穿着那件浅色竖条纹的衬衫。两人对视着，上面 P 了几个花字：如果这都不算爱。

刘佰京点开评论。

@ 超甜：就是真的。

@ 互动多一点：啊啊啊啊，总感觉下一秒他就要冲到台上抱住她了。

@ 喵咪喵咪：我命令你们原地结婚。

@ 牙疼不是病：最遗憾的是，当时你就站在我面前，我却不知道我喜欢你。

@ 白月光回复 @ 牙疼不是病：快来人啊，这里有个发刀的。

……

刘佰京哼笑一声，这些人成天都在瞎琢磨什么啊。可口里嫌弃着，手却在不停地往下翻。逛了一圈，整个人都神清气爽起来，连带着看查雯的照片都觉得可爱得很。

既然是 CP 了，刘佰京觉得自己有义务去关注一下查雯的微博。

进去一看，内容寥寥无几，且都是节目组要求发的自我介绍，加油拉票之类的毫无灵魂的微博。

“哎，”刘佰京推了推经纪人，“你上次说的那个可以随时了解关注他人微博动态的 APP 是什么？”

“超级月饭团，”经纪人说完之后一阵警惕，“你想做什么？可别又惹什么麻烦。”上一次刘佰京在微博大战别家粉丝，他至今仍心有余悸。

“放心。”

刘佰京麻利地下载了APP，并按照新手指引迅速地关注了查雯。

这一顿操作下来，刘佰京自己也有点混乱了：我到底在做什么啊？

这时候广播通知开始登机，刘佰京耸耸肩，把手机扔进了包里。

09

第三次录制主要是男女搭档组合。根据上一次表演的成绩，由高到低，选手自由选择分组。

这周有位男选手摔伤了腿，权衡再三还是退赛了。导演组现场宣布了新的规则，最后未能完成配对的那位女选手自动淘汰。

查雯上次考核的成绩垫底，又抱着淘汰的心思没有去经营人缘，分着分着便被剩到了最后。

节目组哪儿肯就这么让查雯淘汰啊，上周放了刘佰京给她打零分的花絮，比别家综艺整期的播放量都大。

导演组聚在一起想辙，没人cue流程，查雯傻站在台上，有些不知所措。虽说一直想要被淘汰，但以这种方式下场也还是挺丢人的。

她叹了口气，走到台侧，突然手腕被人抓住了。

刘佰京也不知道自己是怎么走上去的，只是觉得那道纤瘦的身影孤零零地站在那儿太碍眼了，等到他晃过神来，自己已经说出了那句话：“不怕，我和你配对。”

全场一片寂静，然后又一片哗然。

导播室里都沸腾了，导演激动地大喊：“所有机位，都给我转到舞台左侧去！”

又是一个血雨腥风的热搜预订啊。

查雯转头看刘佰京，他为新戏剃了个寸头，短短的头发在灯光下泛着茸茸的光泽。她鬼使神差地伸手往他头上摸，忘了现在是什么场合。

刘佰京也鬼使神差地低头配合。

果然是毛茸茸的。

那一瞬间她觉得释然了。

查雯笑得灿烂，眉眼弯成月牙。

刘佰京头皮发麻，心里好像过了一道电流。他突然想起候机时看到的那句酸不拉几的评论：最遗憾的是，当时你就站在我面前，我却不知道我喜欢你。

对了对了，这样一想，全都对了。从开始那滴扣人心弦的泪，到方才倍感酥麻的触碰，原来，我是喜欢你的呀。

刘佰京豁然开朗，牵着查雯走下台去。

10

因为其他经纪公司的联名反对，导师和选手的配对最终没有被采纳，查雯还是被淘汰了。

也算是如愿以偿了吧。

查雯推着行李箱，往园区外走。

刘佰京开着车从后面追上来，一把接过她的行李，说："走，不用闷闷不乐，哥哥带你吃饭去。"

查雯还在想他俩的关系什么时候变得这么要好了，这边刘佰京一下把她塞进副驾驶，带去了一家日料店。

大概他是熟客，单都没点，老板直接上了一盅清酒。

"终于看见你带女孩子来吃饭了。"老板盯着查雯看了一会，笑得不怀好意。

查雯也盯着老板看，坦坦荡荡地跟刘佰京说："这老板挺帅啊。"

刘佰京上下瞥了老板一眼，不屑："有我帅？"

老板一头冷汗："你俩能不当着我的面议论吗？"

查雯低头笑。突然想起临走之前，节目组让发一条类似参赛感言的微博，她还没发呢，于是拿出手机，登上微博。

刘佰京放在桌上的手机"叮"地响了一声，查雯不经意地一瞥，看见了上面的消息：你的小宝贝查雯已上线。

刘佰京慌慌张张地拿起手机。

"你的小宝贝查雯？"查雯眼睛半眯，"或许，这个查雯，是我？"

"当然不是了，你的名字这么普通。你知道这世界上叫查雯的人有多少吗？随随便便百度一下，就有……"刘佰京一边矢口否认，一边打开百度搜索给她看，搜出来的词条依次是演员查雯的百度百科，查雯泼刘佰京水的娱乐新闻，查雯相关的电视剧之流，"……这个百度不行啊，收录的词条太少了。我七舅老爷邻居家的女儿就叫查雯。"最后收回手机，强行挽尊。

查雯笑："所以你七舅老爷邻居家的女儿是你的小宝贝？"

刘佰京想死个十分钟。

好在菜很快就上来了，查雯开始吃东西。

这一顿饭查雯吃得很欢快，走出店门，特真心地跟刘佰京道谢。刘佰京感觉颜面尽失，闷闷地把口罩拉到了最高，然后去停车场取车。

11

查雯在店门口踢着石子玩。

不知道从哪里跑出来一群扛着长枪短炮的女孩子，对着查雯“咔嚓咔嚓”一通拍。其中一人大喊：“就是她泼我们哥哥水，还倒贴炒绯闻，打她！打她！”

接下来，什么饮料瓶子啊，卸妆水啊，面包小食之类乱七八糟的东西全都向查雯飞了过来。

查雯东躲西闪，余光里瞥见一个怒气冲冲的小姑娘居然拿着单反朝她砸过来。

这也太败家了吧。

一条长腿横到查雯跟前，朝相机踢了一脚，啪！相机不偏不倚正好砸回到它主人的头上。

“流血了！流血了！”人群作鸟兽散。

小姑娘手上摸了一把血，“哇”地一下就哭了。

查雯和刘佰京匆忙把人送去了医院。

查雯在医院里又是挂号取药，又是安慰小姑娘，突然意识到好像自己才是最初的受害者呀。

刘佰京也是懵圈了，故事里英雄救美的情节走向并不包括还要送反派去医院啊。

跑前跑后又联系上小姑娘的家属，两人这才疲惫地离开医院。

路过一家网咖，查雯冲刘佰京眨眨眼："累吗？"

刘佰京话都懒得说了，只点了点头。

查雯拉着刘佰京钻进了网咖里最角落的位置，又跑去前台用她的身份证开了一个包间。

“姐姐带你放松一下。”

查雯打开游戏客户端，登录账号，蹦蹦跳跳的萝莉法师出现在屏幕上。她在好友列表里找了找枪炮师的 ID，灰着。

刘佰京在她身后瞪大了眼睛，手按在查雯的肩上，用力地摇。

查雯拍拍他的手，安慰道："少安毋躁，一会儿换你玩。"

没想到手被反握住，头顶传来颇为怨念的声音："为什么不收我的戒指？"

查雯狐疑地转头，刘佰京指指她的好友列表，说："这个枪炮师……是我。"

呃……这是什么样的孽缘啊？

两人在网咖不敢待太久，玩了两局便出来了。

天已经暗了，路边霓虹渐起。刘佰京开车送查雯回去，到楼下的时候，他又怨念地问："为什么不收我的戒指？"

查雯无语，打开车门，朝他挥挥手，果断蹿到楼上去了。

12

第二天一早，查雯睡醒起来发了条微博：又是元气满满的一天啊，生活回归正轨！

几乎不到一秒，有个新消息提醒。

查雯打开一看，傻眼了。

@ 刘佰京：为什么不收我的戒指？

然后评论瞬间涌入。

@ 查雯勇士回复 @ 刘佰京：本人？

@ 芦花漠漠夜江空：天呐！发生了什么？

@ 七颗星：我的妈耶，我搞到真的了，我搞到真的了！

@星球坠落回复@七颗星：朋友，我错了。

@time回复@七颗星：朋友，算命吗？

@七颗星：答应他！答应他！

……

哎哎哎，不是你们想的那种戒指啦。查雯感觉自己百口莫辩了。

私信也在不断增加，周八旗的电话直接打了过来。

这个刘佰京，是不是不知道自己人气有多高？！

查雯气得想打人，索性关机了。

楼下有人不停地按喇叭。

查雯从窗口往下看，是刘佰京。他还穿着昨天的衣服，人往车上懒懒一靠，挥着手机，大声喊："喂，你是不是想打我啊，那下来啊。"

无比热情又智障的样子。

"你有毛病啊！"查雯被他气笑了。

清晨的阳光穿破云层，整个世界一片敞亮，那些粉红色的小心思不必说出口也变得透明了。

可不是嘛，恋爱中的人都是有毛病的。

END

闪光的她

PEOPLE IN LOVE

文 / 戏子伶人
混迹于美术学院的理科生，
朝绘本作家的方向努力中。

01

又是一年秋风催落夏叶，新生们穿着军训服，在 S 大里点缀成风景。

“同学，想皮肤光滑紧致，从此光彩照人吗？同学，想变成万人迷，想瘦哪里瘦哪里吗？不用燃烧卡路里，也能变成万人迷，加入我们《见道》杂志社，PS、AI 包教包会，自己动手美图，保证……哎哎哎同学别走啊！”

文编宋烈在食堂前的十字路口喊了半天了，这套软件班用烂了的宣传段子根本拉不到新生入社。

一到秋天开学的时候，各个社团就开始了抢人比赛。

“沈执，好歹你是主编，你不急吗？”宋烈坐下来休息，他拧开一瓶矿泉水，看着沿路支开的一个个展示位。

沈执在玩手机：“不急。”

宋烈：“你倒是心大。”

沈执的手机一响，宋烈瞧见他眼角的笑意渐浓。

“咋了？”宋烈好奇道。

沈执的眼神怎么变得这么温柔，发生什么了？

沈执眉眼带笑：“恭喜你，宋烈，你要当主编了。”

宋烈被他这副样子吓到，怎么突然说这话？

宋烈有些紧张：“可你的表情好像在说‘恭喜你，宋烈，你要当爸爸了’，而且你还是怀孕的那个孩子他‘妈’！”

沈执道：“刚刚收到众成公司的短信，我通过面试了，马上就可以进入公司实习。我走后，这个杂志社就交给你们了。”

关于沈执能通过众成的面试，宋烈没有感到一丝意外。

整个S大，除了这群新来的大一新生，没有一个人不知道他沈执是个何等的风云人物。

沈执是2015级的学生，当年他所在的包装工程班赶上了S大视觉传达设计学院改革，是招进去的第一批纯理科生。那是艺术院校S大，建校五十年来第一大系第一次招进去理科生。

沈执虽没有学过美术，却凭借着软件技术，和独具一格的设计理念，在大二那年拿下了一个国际设计大奖，成为该奖项金奖最年轻的获得者。沈执在那次大赛中，一战成名。

《见道》是S大的校刊，在沈执和当时的主编叶络的负责下，在设计界崭露头角，拿到过不少知名设计师的采访稿。

沈执本身就有一副好皮囊，在S大完全是一个教科书式的风云学长。

沈执却一秒都不想在 S 大待了。

他的心早已不在这里，他暗恋的人在众成。

当年 S 大传说级别的学姐，他的第一爱豆，叶络。

02

故事开始于 2015 年。

沈执下了出租车，拉着行李箱的长杆，走进热闹的 S 大。

“同学，游泳社了解一下？”

“不了不了，谢谢学长。”沈执很客气地回答。

“同学，健身社了解一下？”

“不用不用，谢谢学姐。”沈执推开报名表。

“这位靓仔，游泳健身了解一下？”

保安：“你个发传单的小赤佬什么时候进来的，出去！”

沈执目送保安离开，扭头就见到了她。

她也没料到沈执突然转身，差点把报名表塞进沈执嘴里。

她说：“同学，《见道》杂志社纳新，有兴趣吗？”

她的声音很好听，声线非常温柔，酒红色的侧分长发，沈执有些害羞，不敢看她的眼睛。

稀里糊涂的，沈执挠挠头：“能给我一张报名表吗？”

沈执填完后，红着脸交上，然后拉着行李箱报道去了。

再见到叶络，就是两个星期之后了。

沈执刚脱去了那身军训服，便收到了《见道》杂志社的面试通知。

“请带着自己的作品来二号教学楼 517 面试。”

短信上是这样写的。

来参加面试的人很多，这些人和自己一样，还保留着高中时候的学生样子，规规矩矩的，都有些拘谨，在面试的大教室里安静坐着，等着轮到自己上去面试。

“沈执。”

“到。”

面试自己的正是她，也是在那时，沈执知道了她的姓名。

叶络轻轻咬了一下嘴唇，又比对了一下表格上的信息：“哎？视觉传达的，师弟啊，我叫叶络，也是视传的。”

“学姐好。”

叶络见沈执性格不是外向的那种，也没多聊天，直入主题：“你的作品呢？打印的，还是在手机上？”

沈执窘迫地低下头，刚才叶络在面试别人的时候，他才偷偷问过其他面试的同学，关于作品的事情。

“我，我没有作品，我是一个理科生进来的，对不起，我不知道贵社招收的是美术生，我本不该来的，只是觉得直接走太没礼貌，说明一下……打扰了。”沈执的心底没由来地生出一种自卑感，他是这个屋子里，唯一一个不懂美术，只会读死书的书呆子。

他红了脸，低下头，站起身子。

“请等一下。”叶络也看出了他的窘迫，她又看了一眼申请表。

叶络突然表现得非常热情：“你是理科生的话，文化课成绩一定很好吧！”

“其实，也还凑合……”

“你语文好不？”

“语文……还行吧。”沈执吞吞吐吐。

“我们这群人每次校稿都出问题，就差个文化课进来的学霸呢，恭喜你，进入二轮面试，回去等通知吧。”她眯住一只眼，竖起大拇指，“加油，我看好你呦。”

03

沈执下了出租车，进入众成公司的写字楼。

经理把沈执引进办公室里，为大家介绍：“这位就是前年拿了 SJC 金奖的沈执，以后就是你们这组的人了，老张，你多带带他。”

老张点头：“行嘞。”

互相打过招呼后，沈执坐在自己的办公椅上，取出自己的 U 盘，把自己的工具拷入电脑。

沈执趁这空当，问老张：“张哥，咱公司，有没有一个叫叶络的人啊？”

老张想都没想：“有啊，叶络，就是咱这个组的啊，挺漂亮一小姑娘，她跟你一个学校，今年刚毕业。”

沈执连忙追问：“那她人呢？”

“辞职了。两个月前就辞了。”

04

“辞职了。两个月前就辞了。”

食堂里熙熙攘攘，人来人往。

叶络把手缩进袖子，半掩着嘴巴，很安静地打了个哈欠。

“我怎么不知道？”沈执端着一份压锅鸡，站在叶络的身边。

“杂志社的事情我真的忙不过来了，过了这个夏天，我就要读大四，马上就要出去实习，就跟老师把主编的位子辞了。你和宋烈很强的，你俩领着那群学弟学妹好好干吧。”叶络歪着脑袋，看着玻璃窗后边煤气灶上的砂锅，汤汁沿破开的瓷口溢到灶上。

这是2017年的夏天。

看来她经常来吃压锅鸡，这个窗口的大妈都认得她，问都不问，为她把压锅鸡打包，递给她。

“不一起吃吗？”

“我挺忙的，得先回寝室——我很少在食堂吃的。”

她经常熬夜，有了淡淡的黑眼圈，笑容却格外有精神：“以后见面的机会就更少了，好好学专业，赶紧找个女朋友。”

“那络姐找到男朋友了吗？”沈执比较关心这个问题。

“呀，你知道的，我超级忙的，没空谈恋爱。”她苦涩一笑，提了一下手中的饭，“走啦。”

“再见。”

沈执看着她的背影消失在转角。

沈执已经暗恋她两年了，可他生性腼腆，总是不敢约叶络出来，他知道叶络是与他完全不同的人。

叶络没有微博，没有微信，手机总是关机，即便是QQ，也一直是隐身状态，要想联系到她，得提前给她留言，等她看到。

她是S大唯一的公主，却没几个人见过她，就连《见道》杂志社的成员也很少见到她。

可她总能拿出绝美的作品，独到的设计——她无心与外界联系，她痴心于自己的设计世界。

沈执自愧做不到她这般。

她是天生的设计师，是个工作狂。他的喜欢非常小心，他知道自己耽误不起。

05

沈执独自一人坐在小餐馆里，孤独地吃完自己点的压锅鸡。

今天是他上班的第一天，比想象中的要累。

他走出小餐馆后，本是想打车回学校的。

有好多话他一直没勇气说，他想去到她在的公司，把决心慢慢掏给她看。

鬼使神差地，他摸出手机。

手机响了好些声，终于被接了起来。

她的声音疲乏不堪，从那边传过来："喂？"

"络姐？"他按下心头的激动。

"啊，沈执啊，有事吗？"

沈执："这样的，我也进众成了，可他们说你辞职了，我有些担心你，想问问你怎么了。"

那边好长的一段沉默。

"我不太方便说。"

沈执追问："你现在还在 S 市吗？"

"在啊，我在这里租了房子。"

"我想见你一面。"

沈执也不知道自己为什么就会说出这种让人误会的话，但是他真的好想见她一面啊。他等了一年了，就等自己实习的机会好找到她，没想到却扑了一个空。

如果不能再见她一面，他都不知道自己是为了什么费尽心思挤进众成。他不甘心。

"啊，的确好久没见面了。"

她给了沈执一个地址。

沈执买了些水果。她所住的小区有些年头了，小区门口甚至没有保安，楼道里的声控灯也已坏掉，这里的房子，租起来应该很便宜吧。

沈执叩了叩门。

叶络给他开了门。

06

"抱歉，学姐，我迟到了。"沈执看到了教室里其他已经坐好的杂志社成员。

"没事没事，找个位置坐下吧，我们要继续上课了。"

这是《见道》杂志社的活动教室，也是历年杂志社的前辈教授新进社员软件的地方。

沈执掀开笔记本，打开 InDesign。

“好了，今天就讲到这里，大家还有问题的就留下来，没问题的可以先回去了，作业我会发布在群里。”

“主编再见。”

“嗯，再见。”

“主编拜拜。”

“拜拜，回去别忘了作业哦。”

最后教室里只剩下了沈执和叶络。

叶络凑过去：“沈执，你还有哪里不懂吗？”

“懂是懂，不过我每次排的版都很难看。”

“我帮你看看。”

她俯下身子，她的头发好香。她的侧脸好像是大把大把绚烂的玫瑰。

她对谁都是文质彬彬，她的笑可以穿过阴霾，照进心里。

几乎所有美好的词，都可以用在她的身上。

沈执看着自己的编排界面自怨自艾：“可能我没有什么天分吧，我做的什么都是丑的。”

她仔细帮沈执做着修改，嘴上也不忘安慰沈执：“天分这种东西是骗人的，大家都是一样的。”

“我感觉我留在杂志社真的没太大作用……”

“校稿可是相当重要的一环，你怎么能这么想呢？”叶络说。

“校稿当然是重要的，但是每次我拿到样刊的时候，你们已经把稿子修得相当完美了——你们完全不需要我。”沈执有些自暴自弃，“我根本就没有做设计师的天分，我就不应该来到这所学校。”

这次叶络没有搭话，她专心把沈执上一次的作业修改了一番。

“你看，这样就舒服了，不是吗？”她满意地点点头。

“我倒是觉得你挺认真的，也有耐心，是做设计师的料子。”叶络为他把文件保存，关闭电脑，“回去好好休息吧，以后每周五下午四点半结束专业课后，来这个教室等我，我给你补课。”

大概，这就是天使吧。

07

“你是魔鬼吧？”沈执进了房门，不敢置信地看着满地的垃圾塑料袋。

这是多久没收拾了。

叶络不好意思地挠挠头。

她穿着一身宽松的睡衣，酒红色的长发扎成一个马尾。

她画画的数位板，此时正盖在一桶康师傅上。

沈执无意间瞄到一眼她卧室里的电脑，等等！络姐的 C4D 呢，络姐的 PS 呢，那 Steam 是怎么回事，那么多的游戏图标是怎么回事？那个录屏软件又是什么鬼？！

叶络泡好了面，原本盖住泡面桶的数位板又变成了泡面垫子。

络姐，你怎么能这样对待画师的信仰呢？！

“所以……络姐，你现在的工作是……”

她拿泡面叉子指指卧室："如你所见啊，我现在副业做游戏主播。"

"那主业呢？"

"在下电竞叶问叶师傅，请指教。"她说完咬住塑料叉子，抱了个拳。

"你，你什么时候开始的……"

"高中就开始了啊——我大学四年除了做专业，平时都窝在寝室里打游戏。"

沈执以为的闪光少女，居然是开黑少女！

08

沈执："主编，其他部门的小朋友都出去聚餐了，我们什么时候出去聚餐啊？"

叶络："你们自己决定着去吧，我晚上最忙了。"

内心：晚上帮战没我镇不住场子。

沈执："主编，这里我还不是非常懂……"

叶络："抱歉沈执，下次吧，我有点赶时间。"

叶络内心：六点半开团战，现在去食堂打包一份压锅鸡，来得及！

09

沈执总算理解这三年来自己为何总和学姐差着一段距离了。

"沈执……"叶络见沈执捂着脑袋，十分痛苦的样子，不禁关切道。

"没事，只是信息量有点大，脑壳有点转不过来。"

沈执并不理解玩游戏这种事情有什么好藏着掖着的，总不会是为了给杂志社的诸位树个榜样吧？但他相信叶络有她自己的苦衷。

第一次，他觉得她如此真实。他很开心。

他这个刚出新手村的小乞丐，终于学会了降龙十八掌，重新遇到了那个随手救下自己的红衣女侠。

10

她嗦一口泡面，光着脚丫，盘腿坐在沙发上："看不出来啊，沈执，穿上商务装挺酷的嘛。"

沈执也低下头看着自己的打扮，微微笑："还好啦。"

沈执想起自己上来的时候，看到贴在白墙上的那则招租广告。

他并没有逗留太久，从叶络的出租屋出来后，沈执到楼下找到那则广告，照着那串号码打了过去："喂，李先生吗？对，租房子的。"

他要和叶络做邻居。

11

第二天，沈执继续自己在众成的工作。

写字楼里，沈执午饭都没吃，从早上八点开始工作，为客户准备了足足五个方案。

这几年他一直在拼命提高自己的审美，不断去尝试新的设计思路，但他从不会觉得累。沈执觉得他所做的就像是在完成一封绵长温柔的情书，他做得越多，就离她越近。

等他把文档都保存好发给创意总监后，才发觉现在已经是下午三点了。

成功发送。绿色的对号弹到界面上。

他一推桌子，好从转椅中抽出腿站起来。

他去到总监的办公桌，问自己的项目做得如何。

总监翻看着："嗯，都不错，除了第二个，其余四个你交给老张吧，由他跟客户谈。"

"好的。"

阳光漾进茶色的玻璃，在玻璃杯上反光，沈执转身离开的时候，被反光晃了眼睛。

12

沈执被镁光灯晃了眼睛。

他下意识揉揉眼睛。

那是2017年，他拿下SJC金奖回S大的那天，院长把视传的学生都喊去了报告厅，听沈执发言。

"其实，我分外感谢我的学姐叶络。她教会了我好多东西，不管是所学习的专业上的，还是其他的什么，她像是一道光，拯救了迷茫时候的我。她是我见过的所有人中，最闪耀的存在，是值得我看齐的人。如果我没有遇到她的话，我不会有机会拿到这个奖项。她本是答应过来现场的，但很遗憾，她说她六点半有非常重要的事情，来不了了。真的好想当面对她表示感谢，但我觉得学姐的事情应该更重要一些……"

13

“当然是重要的事情啦，打团呢，那帮渣渣离了本帮主根本不行。”叶络打开房门，露出调皮却有些抱歉的笑容，“否则怎么会把你晾在门外这么久？”

叶络赤着脚丫又跑回卧室，继续她的游戏。

沈执下了班，去菜市场拎着一袋子菜过来，他带上房门。

叶络敲击着键盘：“你今儿个怎么又有空过来了？”

沈执答：“我在楼上租了房子，方便上下班。今后我们便是邻居了。”

“哦。”她的声音从卧室飘过来。

沈执其实是有些担心叶络的，叶络本来就瘦，昨天见到她，她比一年前又瘦了好多。

她解决吃饭问题基本仰仗两个人，外卖小哥和康师傅，她还总拿薯片和可乐当早餐，这样下去，身体迟早撑不住的。

所以沈执带了食材过来，想让叶络吃得有营养一些。

“络姐你吃得太不健康了，以后我来负责你的晚饭。”说是由他负责，沈执也有些心虚，他不过是现学现卖。

“这样太麻烦你了吧？”她的声音从卧室传出来。

“多双筷子罢了。”沈执当然不能显得自己太过主动，他知道学姐是要强的人，怎么可能平白无故接受好处呢，“其实我也玩你直播的那款网游，想让你帮我练练号。这样，以后我每晚过来帮你解决晚饭问题，你帮我练号，如何？”

“哎，这么麻烦的吗？学姐好歹罩着你横着走了三年，你做点饭孝敬孝敬是应该的吧？”

啊，这么真实吗？这突然的黑道少女风是怎么回事？沈执忍住笑意。

“开玩笑啦，成交。”

14

“我想见你一面。”

叶络切出游戏界面，她看着这则短信，陷入了沉思。她最终还是出了宿舍门。

她昨天答应了沈执，会在表彰大会上出现的，可是她却放了他的鸽子，今天沈执约她见面，她实在不好推辞。

商业街只有一家西餐厅，叶络进门，便看到了靠窗坐着的沈执。

酒过三巡，菜过五味。

“我进到这个学院后，几次差点走上歪路，没有学姐的话，我可能早就放弃了这条路。其实，我一直想，我一定要早早成长起来，好帮到络姐什么……”沈执的眼睛突然一亮，像是下定决心，“其实我……”

叶络当然猜得到他想表白。

叶络打断他：“你帮不到我的，你我不是一路人。作为你的学姐，我很开心你终于找到了自己的路，有了自己的样子。”

叶络收拾好包包，站起身：“我回去了。沈执，你可以在这条路上走得更远，别辜负了你的天赋。”

沈执的心意，这两年她都看在眼中，她也确实有些心动。

可是她知道自己做不到正常情侣那样，陪他逛街唱歌看电影。她不想拿现在的样子欺骗沈执。

她有她不能说的脆弱。她也有些害怕，沈执喜欢的，是另一个自己。

15

“我想见你一面。”

他的声音从另一边传过来。

他还记得我吗？叶络心中一暖。

“啊，的确好久没见面了。”

出租屋里，叶络与他聊起那些往事，笑作一团。

他并没有多作逗留，放下水果后，待了大概十五分钟，便离开了。

叶络送他出门。

今晚他还是和以前一样，话很少，只说了一些不痛不痒的话。叶络也不知道自己怎么了，看到他的离开，心里空落落的。

今天她肯告诉沈执地址，便算是下定决心向他展示真正的自己。

既是对他这些年暗恋的答复，也是问他，这样的自己，他是否还喜欢。

第二天晚上，她正像往常一样，刷着副本，门铃响了。

“谁啊？”

“是我，沈执。”

叶络抓住无线耳机往床上一扔，整个人从转椅上弹起来。

叶络的脸都烧红了，他怎么又回来了，这剧情走向，不会是？！各种悸动和想法在叶络脑海中翻腾。

“等一下，马上。”她赶紧稍稍打扮了下，然后去开了门。

沈执拎着一袋子菜：“你在忙什么啊，这么久才开门。”

“当然是重要的事情啦，打团呢，那帮渣渣离了本帮主根本不行。”叶络赶紧扭过去微红的脸，生怕被沈执察觉，“否则怎么会把你晾在门外这么久？”

她回到自己的卧室。

叶络此时根本无心游戏，她像电报员一样敲打着W键，使语气尽量平静下来：“你今儿个怎么又有空过来了？”

他蹩脚的谎话险些让叶络的心融化掉。

沈执自以为藏得很好的那点小心思，她自然清楚：这家伙也太可爱了吧。

16

这样的日子维持了两个星期。

今天饭桌上，她大口咽下一整个茄盒，不小心汤汁顺着嘴角溢了出来，沈执赶紧抽一张纸巾递给她。

她擦擦嘴，随手把纸巾扔在餐桌上。她意识到，等这块木头主动点是不可能的了。

叶络看着眼前的沈执。

当年跟在自己身后害羞的小男生，可爱劲儿都变成了帅气。傻小子成长为《见道》杂志社的顶梁柱、S大的骄傲了呢。

“要不你做我男朋友吧。”

“啊？”沈执反应不过来，手一抖，筷子都没夹住菜。

一时谁也没再说话。

“谈吗？”她舔着筷子，心情忐忑。

“太突然了吧……”

“哪里突然了，都认识三年了。谈不谈一句话，我还得去下副本呢。”她一着急，语速提了不少。

“谈！”

17

两周之后。

沈执下了班，回到家：“今天是你生日，我在一家餐厅定了位子，走。”

叶络劈里啪啦地在敲键盘，她拖出不情愿的长音：“啊——”

“换身衣服，快去。”

叶络的眼睛压根就没有离开屏幕：“我不去，今晚有特殊活动，走不开。”

她已经整整一个星期没有出家门了。

“今天你必须出去。”沈执直接拔了她电脑的电源。

叶络惨叫一声，从椅子上跳起来，赶紧重新连上电源，重新开机。

叶络很生气，但她知道是自己不对，她趁着开机重登游戏的空隙：“对不起小执，今晚我和其他几个主播约好了，不能放鸽子。”

沈执刚想和她好好说几句，她又忙起了游戏。

沈执压着脾气：“我为你准备了生日礼物，你到底去不去？”

她回答：“对不起，我……”

沈执的家庭非常传统守旧，在他所受的教育里，电竞和主播根本算不得什么职业——他也是戴着一副有色眼镜去看游戏行业的。

他喜欢叶络，所以尊重叶络的爱好，但他受不了叶络把游戏放得那么高。

18

“喂，是宋烈吗？”

宋烈确认了一遍来电显示：“沈执？沈执你喝酒了？”

“喝了好多啊。我有事想和你聊聊，我好难受啊。”

“你在哪里？”

“就在咱商业街的那家西餐厅。”

“我马上过去。”

沈执订了一个靠窗的位置，私密又安静。

宋烈坐到沈执的对面：“喂，你不能喝就别喝。”

他夺过沈执手中的酒杯。

宋烈看着粉红色的桌布，衣着精致的沈执。

侍者端上两份心形的牛排。

不会吧！宋烈的心猛地一沉。

“宋烈，我有一件事，不知当讲不当讲。”

“你，你，你说。”宋烈往后仰，倚着靠背。

沈执真的是喝多了，他刚想开口，一个酒嗝儿涌上喉，脑海中就默认自己已经对他讲过叶络的事儿了。

沈执脸色酡红，他用手抚抚胸口，顺下酒嗝儿，另一只手打了个响指。

侍者抱着一大捧红玫瑰闪亮登场。宋烈埋在心底的土拨鼠破壁而出疯狂尖叫，表情却像个机器人被人拔了电源般木然。

19

沈执喝醉了，他有些大舌头：“现在你懂我的意思了吧？”

这么贵的餐厅，这么多的玫瑰，沈执半个月工资都没了，他为了叶络，拼了半个加班爆掉的肝进去。他向宋烈展示这些，就是为了让宋烈看看，自己有多辛苦为她做这些准备，现在就有多难受。

沈执醉得太厉害了，他都忘了跟宋烈说叶络的事儿了，宋烈自然误会了。

宋烈看了一眼盘子里的小心心，他总算明白了沈执那天离校时的那个眼神。他点点头，表情视死如归：“我懂你的意思。”

20

“我真的好迷茫，我真的不知道现在应该怎么办。”沈执痛苦地捂住了脸，她曾是自己心底的一道光，而现在的叶络真的好让他痛苦啊。“我在想是不是我太固执了。”

宋烈皱着眉毛，他现在也好迷茫啊。

站在一旁的侍者的表情也是迷茫的。

宋烈见他喝醉了，不想刺激着他：“不要迷茫，要正视自己的取向。”

“为什么，现在的我，会喜欢上相反的人呢？”

宋烈顺着话题安慰他，嗓音低沉，充满磁性：“别怪想法不单纯，都怪兄弟太迷人。”

21

酒精作祟，沈执突然上了脾气，他一拍桌子，半个餐厅的人都朝这个方向看了一眼。沈执低声道：“你说，这事落你身上，你难受不难受？”

他每吐一个字，食指敲一下桌面。

“……可能会难受吧。”宋烈结结巴巴道。

“那这事要搁你女朋友芊芊身上，她难受不？”

宋烈想都不想：“她肯定难受啊。”

沈执一拍大腿，酒脾气上来了：“她凭什么难受啊！她有什么资格难受啊！”

“她凭什么不难受啊，我这么优秀的一个男朋友！”

“正是因为你优秀，她才不应该难受吧？！”

“你在说什么东西啊？！”

22

过了好一阵子，沈执的酒终于醒了大半。

他拿出手机，进入她的直播间。

她从来都不开摄像头，因为她总是以技术主播自居。

“今天我和我男朋友吵架了，我很感激他为我做的，但我不想拖他后腿，我爱这个游戏，我也想把直播做好，把游戏视频做好，我想挣更多的钱，让他不用那么辛苦。”

沈执窝在椅背上。

她只是一个小主播，屏幕上只弹出零星几条弹幕。

趁着夜色还未深，去小吃街给她买些夜宵吧。

沈执酒劲还没解彻底，他晃晃悠悠起身，宋烈扶他一把。

沈执道："今天的事，你不要告诉第三个人。"

"放心，这种事情我心里有数。"

"那我走了。"

沈执还没推开门，宋烈大声道："我会好好考虑你说的话。也请你自己一定要乐观起来，这不是什么大问题。"

"哦？"沈执听不懂这货在说什么。

23

他拎着小食，回到住处。

屋子里关着灯。

沈执为她掖好被角，叶络根本就没睡，她突然坐起来，一把抱住被子和沈执。

"对不起。"

沈执没多少在意："没事。"

"有件事，我一定要告诉你。"她的声音很轻，融化在黑夜里。

"你说。"

"不知为什么，我越来越不喜欢外边的世界，我不喜欢外边，太闹了，每次走到外边，都会烦躁，难过，心脏也会跳得厉害。

"小时候，爸爸总是问我为什么见人不笑，要苦着脸，我说连笑都由不得自己，还怎么真正笑出来。我又没有给别人造成困扰，何必在意别人的看法呢？"

她把脑袋埋进沈执的怀里，她的头发又细又软。

“他走之后，在妈妈面前我终于强制自己笑出来了，我走出了房间，可真的好痛苦，我真的好想躲回游戏世界，我热爱我的游戏，我讨厌外边的世界。

“他们都希望我成为一名设计师，他们只想我能沿着他们所构想的路走下去，从未问过我的想法。”

她轻轻地啜泣。

她真的好辛苦，一直把苦楚藏着。

“我知道我是病态的。但我真的不愿改变，我喜欢现在的生活，我喜欢你，求求你，不要讨厌这样的我，好不好？”

她抬起头，与沈执四目相对。

“我尊重你的选择，无论怎样，我都会陪着你。”

曾经那个怯弱的自己，是被强装坚强的她救下，如今终于轮到自己拯救她了。

24

“各位观众晚上好，我是本台记者宋小烈。在我们 S 市有一个美丽动人的爱情故事，从我父亲那一辈就传下来了。今年六十岁的沈大爷，不离不弃地照顾他的老伴叶大娘已经近四十个年头了。沈大爷一辈子都没离开过 S 市，一直陪伴在叶大娘身边，尽管叶大娘的眼里只有电竞事业，二人挤在一间狭小昏暗的出租屋里，也不辞辛苦。今天沈大爷遇到了麻烦事，特地来寻求我们节目组的帮助，原来是叶大娘不肯离开这栋旧房，与拆迁队起了争执……”

我不可能让这种事情发生的！绝不！沈执惊醒，榻上坐起，冷汗连连。

25

第二天一早。

“喂？宋烈，出来，有事找你商量。”

“哦……”宋烈犹豫好久，才答应见面。

两个人坐在公园长椅上。

宋烈很奇怪，坐得很远，屁股只一半落在长椅上。

“宋烈，昨晚我做了一个梦。”沈执想找个话茬作为开始。

“什么梦啊？”

“我昨晚梦到宋小烈了——你觉得这个名字怎么样？”

“宋，宋小烈是谁啊？”宋烈已经完全跟不上沈执的思维了。

“你儿子啊。”

晴天一个大霹雳在宋烈脑海中炸开，他脑壳嗡嗡作响：在你梦中我们已经走到那一步了吗？！

沈执没有注意到宋烈的异样，他自顾自继续说：“他是一名优秀的记者……”

培养方向都有了？！

“等一下下！”宋烈义正词严地打断他，他比出一个暂停一下的手势，“上次的事情我考虑过了，不合适。”

沈执大喜，他还以为是自己太直男：“是吧，就说嘛，我也觉得不合适。是时候做出改变了。”

宋烈又没了主意："这种事情，是天生的吧，毕竟这也算是老天爷赐予每个人的不同，你不要强行……"

"你不懂，问题是突然变成这个样子的。"沈执回忆了一下叶络的情况，她原本没那么避世的。

"这种事我的确不太懂。"宋烈挠挠头，"要不你去问问医生，虽然我觉得这种事情不是病……"

"这就是病！"

"这不是病，沈执你不要这么想。"宋烈有些担心沈执。

沈执起身："我还是去问问医生吧——不行我再回来找你。"

"别，我也不行，这种事情不要找我。"宋烈摇头拒绝三连。

26

沈执和医生聊了半天，等沈执回到出租屋的时候，外边的天已经彻底黑了。

"络络。"沈执在客厅喊她。

叶络乖乖摘下耳机，从卧室出来："吃饭了吗？"

不得不说沈执的天赋应该在厨艺上，一个月下来，叶络都被他喂胖了几斤。

沈执为她倒上一杯温水，然后把杯子和两粒不同的药递给她："先把这个吃了。"

"这是什么？"

"舍曲林，抗焦虑的。"

她十指交错，掌心紧紧贴着那杯水，却迟迟不肯接过药。

沈执轻声说："以后每天晚上我都会带你出去散步，每天游戏的时长我也会加以控制，我要你慢慢回到外边的世界。”

“你给我吃药是什么意思，是觉得我不正常吗？”

“你不要说得这么过激。”

她把水杯放到桌子上，瞪着眼睛——可惜她看起来一点也不凶：“你说过的，支持我做游戏的。”

“今天我问过医生了，的确，现在的你没有任何问题，但如果长时间这样下去，谁都不敢担保不会出现其他问题——你不能这个样子。”沈执试图拉住她的手，她却小退一步。

沈执继续说：“每个周末我都会陪着你，去看心理医生。”

没有人可以脱离这个社会活着。叶络父亲的死给她的打击很大，她并不是宅，只是在逃避这个世界。

“做主播的多了去了，难不成个个心理有问题？！”

“你和他们不一样，你是想一直蹲在家里，你讨厌外边的世界……”

叶络生气了：“我想蹲在家里是我的事情，我活了二十多年了，自己的事情还做不了主吗？！”

沈执不自觉也提高了音量：“这不是做不做主的问题，我是你男朋友，我是在担心你的心理健康！”

“用不着你担心！我很好！”

“不用我担心？房租水电、柴米油盐不都是我负责的吗？你靠你自己早就饿死了，你根本不是做游戏主播的料！放弃吧！”沈执选择揭她伤疤。

“你看过我做的视频吗？你凭什么说我做不好游戏？！”

“我哪有空看你的视频，这个家就靠我养活了，天天看你视频我不用上班吗？你知道我每天加班多辛苦吗？中午都没休息就赶回来给你做饭！你别任性了，稍稍听我一句劝吧！”沈执知道自己说不过她，他只顾抱怨自己的辛苦。

叶络把他推出门：“那以后我不用你养了，再见！”

叶络关上门，倚在门上，用袖子抹了一把眼泪。她很失望。

骗子。她是这样想的。

27

天上飘起了雨星，沈执一抬头，看到橘色的路灯在夜空中晕开。

路灯把他的影子长短拉扯后，交给下一盏路灯。

他没带身份证，决定找个黑网吧将就一晚上。

他开了一台电脑，坐在转椅上，打开电脑，等着泡面。

他不知道该干些什么，不自觉地就在网上找起了她的游戏视频。

她的视频真的很有趣。沈执一个一个看下去，等全部看完，不觉已经是凌晨四点了。

是自己说得太过分了。

“络姐，你别说了，我不是这块料，我做的东西太丑了。”

“谁说你做得丑我跟他急，你做的东西很有创意！这种丧气的话以后不许说了，天赋这种东西都是毒鸡汤，努力才是正道。”

“你根本不是做游戏主播的料！放弃吧！”

“你看过我做的视频吗？你凭什么说我做不好游戏？！”

“我分外感谢我的学姐叶络。她教会了我好多东西，不管是所学习的专业上的，还是其他的什么，她像是一道光，拯救了迷茫时候的我。”

“我知道我是病态的。但我真的不愿改变，我喜欢现在的生活，我喜欢你，求求你，不要讨厌这样的我，好不好？”

现在正是她需要自己的时候。

她从来都是那道光，她的善良自己永远都学不会。

沈执起身，冲出网吧。

天上还飘着雨。

她在雨夜脱下雨衣披到沈执身上。自己却丢掉了她曾赠予的旧雨衣，她还困在那座雨岛。

沈执，你真是个畜生。他这样骂了一句自己。

28

周遭的空气渐渐安静下来，叶络倚着门，直到好久的沉默之后，门外才传来沈执越来越远的脚步声。

叶络听到沈执房间里有动静。她抹掉眼泪，推开沈执卧室的门。

显示屏的右下角显示着视频邀请，昵称显示“项目经理聂”，她点了接受。

“沈执呢，我催的图他做了吗？”

“不好意思，聂先生，沈执他现在不在这里，要不您手机联系一下他？”

“他手机关机了。”

叶络知道沈执没有按时给手机充电的习惯，她回答：“可能是他手机没电了吧。”

“这个图我们催两天了，明天就要看到效果图……”

“他很快就回来，我会转告他的，效果图一定赶在明天早上之前交给您，请您放心。”

窗外雨势渐大。

小区里浮满青萍的池塘被雨水煮沸，雨水滴答，房间里的叶络望了一眼窗外，担心起他去了哪里。

沈执不在，叶络打算替他完成效果图。

沈执的电脑桌面很干净，除了装机必备的几个软件，只有三个文件夹。

叶络点点鼠标，点开其中一个名为“资料”的文件夹。

里边是一张张长条图，每一张都是一道菜的教程，从一开始基础的番茄炒蛋，到后边的糯米藕。

每一张也做了修改与标注，真是有心了。

叶络退出这个文档。项目之类的大文件的话，应该会保存到D盘吧，她点开D盘，接着就被里边的作品数量和质量震撼到了。

她一个个点开来看，按日期排列的文件一个个打开又关闭，越来越青涩，越来越简陋，一个个作品，慢慢描绘出沈执原本的模样。

当年的他，究竟付出了多少，才成就了现在？

她想起自己还没有毕业的时候，沈执虎头虎脑地跟在自己身后的样子，想起他每一言每一语。

“因为很崇拜络姐，所以也希望可以成为像络姐那样的设计师。”

那时候他完全就是个孩子嘛，说话也幼稚。他这三年的变化也太大了吧?

叶络摇摇头，看看时间已经是九点半了，提醒自己要赶紧作图了。

她打开那个 PSD 文件，久违地握起压感笔。

沈执虽然已经完成了一大半，可剩下的工作量挤在一个晚上，要完成也很费力。

沈执的桌子上有一盒开封的速溶咖啡，她冲泡了一杯。

她遗忘了的第三杯咖啡，在她手边慢慢冰凉，她忙到凌晨两三点，才终于画完。她抻直了胳膊，扭扭脖子，舒活舒活筋骨。她不禁想，沈执每天都这么累吗?

他怎么还没回来啊，她下意识朝客厅看去。

他的钥匙还在桌子上，她担心在卧室听不到他敲门，便抱着毯子，倚在沙发上。

不知坐了多久，叶络像是突然下了决心一样，她掀开毯子，站了起来。

29

此时天边微微放亮。

他爬上四楼，敲敲门："络络，开门。"

叶络为他开门。

此时叶络已换上一身职场装，她把头发高高束起，露出额头，显得英气十足。

几乎是同时，二人脱口而出："我道歉。"

"昨晚是我太过分了，我向你道歉。"沈执赶紧道歉。

叶络很激动，她几乎是扑过来的，一把抱住他：“不，我也有错，是我太没有体谅你。一直以来，是你太辛苦了，昨晚你也是关心则乱。”

沈执看着叶络这身制服：“你，你这身打扮是——转战 Cosplay？”

“不是啊，我要去众成面试啊。”她认真地说。

“嗯？”

“这次我们一人错了一半。”她说，“你我各退一步，白天我陪你去上班——”

沈执接上：“晚上我陪你打游戏。”

她还是抱着沈执不肯撒手：“说实话，我还是不喜欢外边的世界，但我喜欢你。迈出这一步对我来说很难，但我会一点一点改变自己，你要答应我，你会一直守在我身边。”

爱情就是两个人互相付出的过程。

沈执揉揉她的脑袋：“我答应你。我好不容易追上你，就绝对不会再离开你一步。”

因为是崇拜，所以她的一切自己都喜欢；又因为是喜欢，所以无碍荆棘千里，我愿赤脚去寻你，足够幸运的是，你能看到我的喜欢，从另一端朝我走来。

END

大神

PEOPLE IN LOVE

文 / 清风一竹
我，似条咸鱼。我，没码字。也，没钱。

01

“信徒信徒，在吗在吗？”

“听说大神的《求龙》完结了，PDF 你整理好了吗？为什么不回话？在吗，信徒？”

……

夜半时分，明亮的手机屏幕上是大同小异的消息，步步一目十行，十指如飞，一条不落地回复：“在，整理好了。《求龙》正文总字数共 101320 字，小剧场段子十二条共 9821 字，合计约 111000 字，23.3 元。”

消息栏很快叮叮当当响起来，有说贵的，有砍价的，有骂奸商的，但更多还是直接发红包转账的——当然，都是老顾客了。

步步二话不说先收款，再把文件包发过去，然后一一应付其他人，不外乎“谢绝还价”“爱要不要，不要走开”云云。

斩钉截铁，猖狂如斯，延续了盗文界神之信徒的一贯风格。

神之信徒，盗文界新起之秀，无冕之王。

专注盗文大神一百年，誓死不爬别家墙头，当天发表当天盗，何时完结何时包，封面排版美观，另带改错别字，下有精彩热评，外赠同人条漫。

这等精良文包不亚于平台电子书，即便需要付费，依旧掀起了滔天巨浪。

而造成这种后果的根本原因，都是被盗文的作者大神太过高冷。

大神人如其名，是个写手大神，文笔老练，脑洞大，驾驭得了各种风格，同样名副其实的高冷。

不上架、不签约、不出版，关艾特、关私信、关评论，不撒娇、不卖萌、不互动，发了文就跑，好比珠穆朗玛峰般高贵冷艳、高不可攀。

所以，大神的读者粉丝简直就是被放养的小可怜，只能自娱自乐。

偶尔想回味一番，不是得抠长图，就是去扒拉微博，如此这般，安排得整整齐齐、明明白白的文件包就很受广大群众青睐了。

至于神之信徒为什么盗免费文卖，生意还能红红火火？

步步熟练地打开微博，点击大神最新的一条微博，买了 24 小时推广，付款五千元——因为她把赚来的钱全用在作者身上了。

从一开始的两位数到现在的四位数，步步亲眼见证着她的大神越来越火，也见证了大神一如既往的高冷。

但是今天……

步步看着主页新刷出来的微博。

大神 V：《求龙》完结，粉丝一百万，还有我过生日，发个福利，我把评论区打开了，欢迎大家畅所欲言。

啊啊啊大神生日了！

啊啊啊啊大神把评论区打开了！

啊啊啊啊啊啊啊大神爱你一万年！

步步内心疯狂呐喊，表面淡定无比，以非人的手速抢到了沙发，却只发了一句：大神生日快乐。然后又给买了推广。

三分钟没到，评论就破了千，转发点赞紧紧追上，许多写手太太也纷纷加入，造成了写手圈的一次大动荡。

被顶上前排的热评也五花八门，其中就有步步的“神之信徒”，然而热评第一却花落别家。

大神我的嫁：呜呜呜关注了大神那么久，终于等到您开评论区了，感动到痛哭流涕，祝大神生日快乐！还有我真的好想好想知道，大神你啥时候签约入V出版啊，我已经把你的微博来回轮了十遍以上，备好了小钱钱就等着上供。求您了！给个准话吧！求您给我个包养您的机会！

然后大神回复了：谢谢，不用，我有钱。

步步：……不愧是大神。

热评第二小年糕：嗷嗷嗷太太是神仙！写得太棒了！曾经我以为《白雨》是真爱，可现在，《求龙》才是心头好！就是看起来好麻烦……太太能给个PDF吗？

大神回复小年糕：稍等，我去下载。

步步：下载？不应该是上传吗？

下一秒步步就经历了她人生中最难以置信的盛世巨尬，粉了两年的写手大神发来了私信——你好，谢谢你给我买了推广，请问你是那个盗我文的神之信徒吗？

我想要《求龙》的PDF，多少钱？

……

你这辈子，有没有因为被你盗文的作者找上门来买文包而想去死？

步步：有，想把电脑屏幕吞了噎死的那种。

02

许是沉默太久，大神又发来消息：还在吗？

神之信徒：在！

神之信徒：这本来就是您的小说，不需要付钱的。

她说完就发了一张二维码，对面回复了一个问号，她紧接着说：这是我的QQ号二维码，您加一下我给您传过去。

大神：……

大神：我没有QQ号。

神之信徒：冒昧问一句，您平时都用什么写作的？

大神：手写，或者便签。

步步：……怪不得大神发文时不是直接编辑微博就是图片格式。

神之信徒：那要不您下载个QQ？不然我没法发呀。

大神：不用。

大神：你直接发到微博上，我转发。

神之信徒：……

最终，步步怀揣着激动无比的心情，颤颤巍巍地在微博上贴了 PDF 的链接，并加了一句说明，没等两秒就被大神转发了。

大神 V：下载吧。//@ 神之信徒 V：txt 文本《求龙》。

评论区再次爆炸。

大神的零关注竟然被打破了！

神之信徒和大神，CP 感爆炸啊！

步步看着微博暴涨的红点点又是兴奋，又是忐忑，又是羞涩，又是心虚。她死死盯着"互相关注"四个小字，脑海炸开一片烟花，心湖一阵波涛汹涌，只因为她和大神都是彼此唯一的关注！

垂死病中惊坐起，仰天大笑出门去！红红火火恍恍惚，哈哈哈哈哈哈哈！

洒家这辈子死而无憾了！

步步疯狂截屏，发空间发朋友圈发基友群，全网 360° 无死角炫耀，就在这时，微博响起了一声特别关心的提示音。

大神：你盗得很用心，短漫画得也很好，我很欣慰，但盗文是不对的。

03

严格来说，步步其实是大神的第一个粉丝，铁做的。

那段时期她还不叫神之信徒，网名是与真名相关的"步步为赢"，是一个小说网虫，正疯狂迷恋悬疑小说，就想去微博搜搜有什么推荐的。结果大神新发的第一条微博里就有这个关键词，也正好是篇悬疑文，文字简练，剧情跌宕起伏，环环相扣，真是短小精湛！

步步当即惊为天人，毅然决然地粉上了这个只有三个僵尸粉的小写手。

为了鼓励作者，她将小说前前后后看了三遍，写了篇差不多和小说一样长的长评，字字珠玑，发自肺腑，引人落泪。

结果……

没发出去。

这个刚注册微博出道的“大神”小写手，不但没关注没粉丝，竟然还敢关评论！

很好，你成功引起了我的注意。

所幸步步写的长评很长，因评论限制字数，故而她用软件做成了长图，不然一气之下没保存就气得更狠了。

于是她转攻私信，当然，也没成功，她发微博 @ 本人，半个月后，人家又出了两个小短篇，还是没理她。场面已然十分尴尬，但是步步依旧没放弃，她转发了大神的每一条微博，每一个转发都发出哀号：

“大大！你为什么关评论！”

“大大！你关评论就算了为啥还要关私信！”

“大大，我就问问你，你是不是把 @ 也给关了？”

大神终于回复了。

“因为我是写给自己看的，不需他人置喙，不过你的某些观点倒是与我的想法一致。”

“广告太多，烦。怎么还是这个长评？”

“嗯，关了。已阅。”

步步震惊了。

这个人说话怎么……怎么……怎么这么酷啊！

步步虽然是个千娇万宠的大小姐，可偏偏就喜欢这种范儿，家里还养了只波斯猫，当时的大神在她眼里就像那只猫一样，你费尽心思逗弄讨好，却只换来懒洋洋地一瞥，而这一瞥，就仿佛是对你最大的恩赐。

高贵、冷艳、优雅、淡然，所有的标签都对上了！还得再加一个有才华！

步步被萌得心肝颤，一个激动就给大神买了推广。

事实证明是金子总会发光，只要被人看到就会引来无数目光，大神的微博顿时涌入一大波粉丝，却在表白时猝不及防撞上一堵高墙。

关评论关私信还关艾特……

于是粉丝又翻了一倍。

因为大神只发了三条微博，于是粉丝们很容易便爬到了步步主页，然后被那三条转发对话笑得肚子疼。步步没办法，只得学了大神也进行“三关”。

又因步步没在微博上发过什么作品和原创动态，顺墙爬来的粉丝们很快失去了兴趣，渐渐消失了。

还没等步步放下心来，大神又给了她致命一击。

大神V：那位给我写长评、买推广的@步步为赢，谢谢你的喜欢，但你不需要为我花钱。

从此，步步为赢就成了神之信徒。

当然，她以后再买推广时便记得隐藏ID了。

04

至于大神来私信时为什么知道是她买了推广？当然是大神在评论

区看到了有关盗文小能手神之信徒的事迹，也发现了神之信徒给他买推广的截图——如果不让顾客看到证据，以为自己私吞了怎么办？

虽然改了 ID，可是曾经的转发回复却还在，真相当场水落石出，大神便对自己的小信徒展开了谆谆教导。

大神：我知道你在我微博刚发文的时候就开始粉我，也知道你把卖文包赚来的钱都给我买了推广，我现在之所以坐拥百万粉丝你功不可没，但我写文的初衷是因为我喜欢，我想写，不是为了火，也不是为了赚钱，毕竟我一点儿也不缺钱花。很感谢你这么久以来的喜欢和支持，但还是希望你以后不要这样了。

大神：以后我会学着做 PDF，到时候发给你们看。

步步自动忽略了那个“们”，双手捂脸不知所措：我的天呐！大神竟然要做 PDF 给我看，真是让人好生羞涩！

她很想说大大她知错了再也不盗文了，也很想说她当初之所以盗文，是因为有好多人都在盗并且高价售出牟取暴利，于是她才去跟他们抢生意，谁知道做得太好一不小心就垄断了市场。

还有很多很多藏在心里的话，甚至一长串的“啊啊啊”都欲喷薄而出，但她心思千转，思虑良久，却只打出了一句。

神之信徒：我很喜欢大大，也很喜欢大大的文，能为此做些什么我很开心，谢谢您的宽容与理解。

对面同样好久才回复：很开心？

步步有些懵，还是肯定道：是。

大神：真的开心？

神之信徒：真的开心，非常开心，整理自己喜欢的东西真是世界上最幸福的事了，但我知道这是不对的……

大神：开心就好，不如以后文包还是交给你吧，真的好麻烦，我做不来。

神之信徒：！！！！！

大神：辛苦了，我的小信徒。

神之信徒：不辛苦不辛苦！不过区区 PDF，我还能手抄全文呢！您就放心大胆地交给我吧！小的绝不辜负您的期望！

大神：这是二维码。

大神：我新申请了 QQ 号，以后还请多多指教。

啊啊啊啊大神的第一个好友是我！死了死了！

神之信徒：余生请指教。

就这样，因为盗文买推广，小粉丝成功吸引了大神的注意，并成为第一个近距离接触大神的人。

而这尊不食人间烟火的大神，终是为他忠诚无比的小信徒落下凡尘。

05

然而步步万万没想到，大神与她成为好友的第一件事就是转账，刚好是 QQ 转账的上限五万元。

神之信徒：……

大神：还推广钱。

神之信徒：可买推广的钱也是花的你的啊。

大神：我说那是你的。

神之信徒：对对对，您说得对，是我的，是我的。

大神：还不快收?

然后步步就收下了五位数的转账。啊，真是万恶的金钱交易呢，嘻嘻嘻。

大神：以后不要再给我买推广了，如果你再买我就转账给你。

步步委屈巴巴：好嘛好嘛你有钱。

大神：以我现在的人气，就算不买推广也是热门了，不是吗？那又何必浪费钱呢?

步步很想说我就喜欢看你越来越火的样子，但她怕被拉黑，忙不迭附和：对对对，您说得对，我最讨厌乱花钱的人了。

两人又进行了一番友好磋商，最终敲定了电子书事宜。

大神V：不差。// 神之信徒V：从此以后，我就理直气壮、光明正大地盗文了！ PDF 电子书，全文免费哦，咱家不差钱。@ 大神

评论区又炸了，写手圈也炸了，谁都没想到一个盗文者竟然能盗到如此登峰造极的地步。

大神我的嫁：等等，我咋感觉我头上有点绿……

小年糕：莫名升起一股失恋的惆怅之情。

大神看我：我才是正宫！

给我一个热评：楼上三位戏不要太多，我就很萌这对嘛，写手 × 读者、大神 × 信徒什么的超有爱，想写了，不知道有没有人看。

然后四楼就被顶上了第一。

步步也给点了个赞。

……

神之信徒，剑走偏锋地成了一代传说。

06

自从大神与神之信徒合作后，高产似母猪，几乎每天都发文，每周周末都会有文包。

不仅如此，评论区也没再关上，粉丝们奔走相告，遍地安利，活像过年。

众多合作商也纷至沓来，网站、杂志、公众号……甚至还有影视公司要买下 IP，评论区每天都活跃着各方大佬，热闹非凡。

但仍然只有神之信徒的评论才会被回复，引来一众羡慕嫉妒恨。

有个做睡前故事的公众号被再三无视后发文：曾经我们写作，写风花雪月，写酸甜苦辣，写春夏秋冬，写人生百态，写的是心情，写的是爱。而一旦被名利浮华迷了眼，写的再多再好，也不过是市侩。希望某大神勿忘初心，方得始终。

他似乎没有指名道姓，但又好像公开点名，大神这个词语，现在已经不单是一个词语了。

大神当然没有在意。

可围观的网友们却按捺不住地开始蹦跶，还有些从公众号爬来的，开始说教起来，仿佛他们多么才华横溢、品行高尚。大神粉竭力保持平静与之“探讨”了一番。

大神仍然不在意。

孰料热度并未因此降下，或许是网友们闲得发慌，又或许睡前故事公众号的粉丝不依不饶，再或是有水军加入，等到大神再发文时，评论区已变成骂战战场，一片乌烟瘴气。

大神他……又把评论关了。

黑子们纷纷转发：看！他心虚了！

步步气到爆炸，翻出她和大神的聊天记录截屏，一口气全上传，并艾特大神转发。

大神V：转了，别哭。// 神之信徒V：第一，我家大神从没忘过初心；第二，我家大神本来就有才又有钱；第三，关评论不是心虚，是心烦！@大神帮我转！你不转我就哭！

截图中，大神正在教诲盗文者，感谢盗文者，向盗文者解释自己的心意，最后甚至打钱给盗文者。

如此宽容而谦逊，有礼又阔绰……哪里像是唯利是图的了？

而且人家盗文的也都把卖掉的钱拿来给作者买推广了，明明超有爱啊！

一批名为"信徒"的新粉平地崛起，和大神粉们同气连枝，愤而反击，手持截图将黑子们杀得片甲不留，罪魁祸首的公众号自然也没能幸免，硬是被逼到删博致歉。

至此，大获全胜。

07

屏幕的另一头，大神正在沉思。

这是他第一次遭遇网络暴力，还没来得及感受伤害，却已经有那么多人为他挺身而出、讨回公道，而这一切，都是因为他的小信徒。

他相信世上会有无缘无故的恶意，却无法接受无缘无故的善意，尤其这善意，似乎有些过了头。

也就由不得他不多想。

大神：为什么对我那么好？

神之信徒：因为我爱你爱得深沉。

大神没忍住，扑哧一声笑了，回她：万分感谢，我很开心，有什么想要的吗？

想要你！步步死死捂住嘴巴，不让心里话跑出来，颤颤巍巍地敲着键盘：想点个文。

大神：说说看。

神之信徒：神与信徒的爱情故事。

似乎有一个世纪那么漫长，又似乎只有一分钟那么短暂，那边终于回来一个字：好。

时隔一个星期，粉丝们再次迎来开放的评论区，以及大神的新文——《神与信徒的爱情故事》。

他还 @ 了神之信徒。

读者们头一次看文吃糖还被额外塞狗粮的。

小说最后写着：从此以后，神与信徒过上了教科书式的幸福生活。

步步同样如此深信着。

END

我的男人是球场上最靓的仔

PEOPLE IN LOVE

文/三秋

国家胡说八道协会VIP会员，

作品《战神划船不用桨》

01

二十岁生日这天，正是大三刚开学，我的闺蜜迫不及待地送了我一份大礼——

我：哈？你再说一遍？我保证不拿刀砍死你！

闺蜜：淡定，只是一个简单的联谊，你不是整天嚷着想恋爱吗？

我：呵呵……

闺蜜：去吧皮卡丘，说不定还真有好看的帅哥！

有没有帅哥我不知道，但当我看见班群里张晓琴发出“求问星期六的联谊咱们班还有谁去啊？我一个人有点害羞呢。”的消息时，这场联谊注定不怎么快乐我是知道的。

我和她的渊源要从大一的时候说起，那会儿我们一起在学生会工作，都是刚进去的新人，同属新闻部。带我们的学姐已经大三了，所以很忙，带了我们几天，就把任务甩手给我们做了。

新闻部还有其他的新生，大家分配着跑新闻，写稿子，也还算和谐，没有大的矛盾。

直到有一天张晓琴突然私聊我，说她后天有事，可不可以和我交换一下，她替我跑明天的新闻，我替她后天的。这倒没什么，我答应了，结果隔天晚上，我接到部长的电话，对方劈头盖脸就是一通骂。

骂了半天，我才从凌乱的语句中拎出关键的信息——

新闻稿上领导的名字写错了。这个活动到场的共有十位领导，其中两个是学院的高层，好巧不巧，这两个领导的名字全错了。这种低级却严重的错误在刚入学生会的时候就反复强调过，稿子已经登上校园网了，我问可不可以先撤下来，改了再重新刊登。

部长说电话是系主任亲自打给她的，事情的严重性不止撤下来这么简单。十佳部门评选在即，她希望我能在开会的时候当众和大家道个歉，也算是表个态。

这我就不乐意了，稿子不是我写的，为什么锅却要让我来背？

我私戳张晓琴，她回复我："不好意思啦桐桐，但稿子署的是你的名字，既然部长都这么说了，你就这么做吧。"

我当时有一句脏话不知当讲不当讲。

后来我把前因后果说明，就辞了学生会。也不知道他们怎么处理的，反正和张晓琴的梁子，是结下了。

现在这么一想，还突然有点期待星期六的联谊了。

我给闺蜜发消息："走，我在小吃街等你，陪姐去买战袍。"

闺蜜："得令！"

02

俗话说得好，仇人见面，分外眼红。

我这个整条街最靓的仔，怎么能错过碾压她的机会?

闺蜜看着我手里的裙子，摸着下巴摇了摇头:“你就靠这个碾压?”

我:“不行吗?”

闺蜜将我手上的黑色连衣裙拿下来，重新挑了一条裙子给我:“姐妹，你是去联谊，不是奔丧。”

她挑的是一条简单的吊带小红裙，长度到膝盖上面。整体看没什么特别，但心机却在后背。我深深地点点头:“还是姐妹你会。”

星期六那天，我一觉睡到中午才起床，联谊时间是在晚上，我不紧不慢地洗漱，掐着时间洗头化妆，还喷了香水。

闺蜜在床上打着游戏，仿佛一个将军下了军令状一样:“泡不到小帅哥别回来了。”

带着她的美好祝福，我前往联谊的地点。

这次是由学院的学生会牵头搞的活动，规模还挺大，一入场我就拿到了一个号码牌，据说一会儿对号入座。八点整，活动准时开始。号码牌上写的56，十个人一桌，我在第六桌。长桌一侧坐女生，一侧坐男生。

我刚入座，身边就响起一个熟悉的声音:“桐桐?太好了!居然遇见你了!”

啧，不是仇人不聚头。

我扯出一个假笑:“哎呀，琴琴，真是太巧了。”从这一刻起，我就是假笑女孩。

张晓琴问：“我可以坐在你旁边吗？”

假笑的我：“当然啊。”她今天穿了一条白色长裙，看来是走甜美淑女系。

我们这一桌陆陆续续地来人坐下，女生这边坐齐了，除了张晓琴，其他的我都不认识。对面男生也来了四个，最边上的位置一直是空的。张晓琴已经看准了目标，正凹着姿势和人家闲聊呢。

我和闺蜜吐槽：“粉太厚，眼线太浓，纯情人设不彻底啊。”

“啧啧啧，丑不是原罪，作才是原罪。”

“嘶，这家伙一直在桌下面踹我是怎么回事？看我不踩死她。”

我沉浸在坏女人的角色中，疯狂抓住一切可以吐槽的点，过了一会儿，她说：“桐桐啊，咱俩换个位置呗？”

她看上的男生坐我对面，这是聊起劲了，虽然我不是很想让她如意，但我坐的这个位子通风不好，有点闷，张晓琴坐在最边上，靠窗，我就同意了。

没一会儿主持人就开始讲话了，这种联谊的一般套路，都是从玩游戏开始。

为了增进大家的了解，第一个游戏是真心话大冒险。而我对面的椅子，始终没有人。

直到游戏开始，对面的椅子才被一双手拉开了，那个男生坐下来，笑着对大家说了一句：“抱歉，迟到了。”

我发誓，有那么四五秒的时间，气氛一度静默。有些人，你不得不承认，天生就有光环，不论是帅气的皮囊，还是好听的嗓音，都吸引着大家的目光。

03

那个男生穿着简单的红白竖纹衬衫，浅灰的休闲裤。他不像其他男生一样抓了头发，而像是刚洗过头，柔软的发丝，看着随意，却有种漫不经心的帅气。

“我叫白一冉。”他自我介绍道。

颜好任性，真不是随便说说的。大概是因为坐在我对面，他礼貌地朝我点头微笑。

我心里已经笑翻了，看着张晓琴错愕又惋惜的目光，差点笑出声音来。

我坏心眼地转头冲她眨眨眼，用嘴型说：“多亏你了。”

她牵强地笑了一下，涂着斩男色口红的嘴唇几度嗫嚅，最终什么也没说。

啧，爽。

为了将坏女人的角色扮演到极致，我骚气地撩了一下头发，做作地朝对面的帅哥眨了一下眼。

他什么反应我没注意，倒是张晓琴皱了一下眉，幽怨的气息浓得我要拍桌大笑了。

既然人齐了，大家就开始游戏了。

规则简单，因为是重在了解，大家轮流抽牌，抽到黑桃的是真心话，红桃就是大冒险。

张晓琴抽到了真心话，刚才和她聊得来的那个男生，积极地提问：“谈过几段恋爱？”

她掩嘴笑了一下，说：“上大学之前家里管得严，不敢谈恋爱。现在吧，学生会又太忙，哈哈，说起来我还真是个母胎单身啊。”

张晓琴说完，看向我：“哎，我还特别羡慕桐桐呢，和男生又玩得来，我要是像她这么外向就好了。”

我：“哈哈……”

既然她都这么说了，我又怎么能辜负她的好意呢。我也抽到了真心话，并且成功地将自己塑造成玩弄少男的渣女，虽然今天可能竹篮打水，但能恶心到她，我觉得也是赚了。

白一冉也抽到了真心话，被问到喜欢什么类型的女生，他答：“外向的。”说完还有意无意地朝我看了一眼，大家纷纷开始起哄，我注意到张晓琴的手指关节用力到发白。

无论他是有心还是无意的，这兄弟，我都交定了。

后面的游戏就很常规了，没什么过火的，最后一个环节是抽红线。桌上有五根红线，全都杂乱地交织在一起，男女同时选中一头，若是抽中同一条，那么不管和对方来不来电，都要互相交换微信号码。

我觉得今天真是欧气值爆表，我和白一冉抽到了同一条红线。

他捏着红线的一头，笑得像只得了食的狐狸，眼里亮晶晶的。张晓琴却没和之前聊得来的那个男生抽到一起，她的脸色有点难看，我则笑得春风满面的。

我主动掏出手机，把微信二维码的页面调出来递给对面，他顺从地扫了，没一会儿，我这边就收到了好友申请，对方微信名叫“white”。

加了好友，按照惯例先浏览一遍对方的朋友圈。

他的头像很简单，是一只甚是肥硕的阿拉斯加，冲着镜头傻笑。他的朋友圈只显示最近三天，仅有一张照片，是他抱着篮球站在操场上，头上戴了一条白色的发带，脸上带着浅淡的笑意。

我眯起眼，仔细打量着照片上那张帅气的脸——怎么这么熟悉？

想起来了，这不是校篮球队里的明星选手嘛，好几次出活动的时候，我都拍到过他来着。

嘶，我好像一不小心，撩到了一个帅气的小哥哥。

当然，这很可能是我的错觉，因为在联谊结束后的一个星期，我都没有再收到来自他的任何消息。

04

倒是张晓琴，已经问过我好几次那个男生的微信号了。

“反正你对他也没兴趣，告诉我会怎样啊？”

看到她发的短信，我真是气不打一处来，想了想回复道：“谁说的？我们今天已经约好了。”

说出去的话泼出去的水，为了吹好自己的牛，我正准备忍痛订两张情侣电影票，就收到了一条信息。

white：今天有空吗？

这个微信号，一直安静地躺在我的好友列表中，时隔一星期，今天终于诈尸了。

我：有。

white：有一场球赛，给你留好了位置，要来吗？

他说完，发了一张电子票给我，看地址是在市体育馆。

我：OK。

white：到了打我电话。

我赶紧截图，利落地发给张晓琴，她什么也没回，终于消停了。

但白一冉会联系我，倒是挺出乎我意料的。作为一个合格的肥宅，要不是为了刺激张晓琴，我真的不想在三伏天出门，更别说去看一场见鬼的球赛。直男的约会地点，总是这么清奇。

等坐车到了体育馆，才发现来看球赛的人还是挺多的，检票的队伍排得老长，我四处张望，却没发现他的身影。正准备打一个微信电话过去，左肩就被拍了一下。

我转过头，这穿着球服的大兄弟，可不就是白一冉嘛，合着我是来看他比赛的啊?

那天晚上没注意，现在他这么杵在我面前，还真的挺高的。

他穿着白色的球服，背心上印着大大的数字 4，对我抱歉地笑了笑："今天走不开，所以没去接你。"

我礼貌地摇头："没关系。"

白一冉："走吧，进场了。"

有他领着，我顶着排队的人们好奇的目光，从专用通道走进了体育馆。

他把我领到内场的第三排坐下，双手撑着膝盖，和我平视："我先去集合，你自己一个人可以吗？"

我承认我现在有点心跳加速了，但还是死绷着，说："嗯。"

他轻轻笑了一下，长又密的睫毛上下扇动，像振翅欲飞的蝴蝶。

他转身要走，我不知道着了什么魔，说了句："比赛加油。"

白一冉眯了眯眼，道："嗯。"他没再急着走，反而一屁股坐在我旁边的凳子上，眼睛直视我，带着一点不确定和小期待："赢了球赛，有什么奖励吗？”

嘶，这是调情了吧？这是吧！我的大脑飞快地思考，一时间不知道怎么接话。

他看着我尴尬的样子，好像也有点无措：“算了，先欠着。”

等等，欠什么，我同意了吗？

没等我多说，他就站起身背对着我挥手离开了。

观众都陆陆续续地入座了，偌大的体育馆顿时变得嘈杂起来。

我第一次这么近距离地观看球赛，看了看体育馆里面的横幅才发现，这是 A 大和 B 大的友谊赛。

说起来，他一直属于那种学校里的男神级别的人物，因为长得帅气、上镜，所以只要是有球赛，新闻稿一定会用他的照片来配图。

没等我多想，两队就上场了。裁判吹响了哨声，B 大这边跳球的是白一冉，两边的身高都差不多，我虽然看不懂球，但白一冉一开始的攻势就很猛，他将整个赛场的节奏都带快了几分，加上和球队默契的配合，上半场结束的时候，已经和 A 大形成了六分的分差。

中场休息的时候大家各自回到自己的阵地里，他混在人群中，边走边撩起衣服来擦汗。球裤的裤腰很松，隐隐地露出一条黑色的内裤边，腹上是壁垒分明的肌肉，随着他的呼吸起伏着。

First Blood——

我仿佛听见自己的脑海里响起一个机械的女声。

他们坐在凳子上，擦汗喝水，讨论下半场的战术。我和他隔着半个球场，看不太真切，休息结束的时候，他放下水瓶，我好像有种他朝我这边看了一眼的感觉。

我给闺蜜发了一条短信：“姐妹，我好像要色迷心窍了。”

短暂的休息时间随着裁判的哨声结束，他们重新回到赛场。

由于前期优势建立得好，下半场他们打得很轻松，白一冉控球很稳，远距离投球几乎没有失误的时候。他们将比分拉开以后，白一冉就开始逗着人家玩，不停地晃假动作。

结实修长的手臂，完美好看的侧脸——Double Kill。

哨声吹响的时候，B大的球队一起击了个掌，我看到他转过头来，食指和中指并拢，轻轻靠在脑门上，利落地向我划出。穿着白色球服的少年，赢了一场球赛，站在场上，对我灿烂一笑——Triple Kill。

我咽了一下口水，心怦怦直跳。

我叫李梧桐，我现在十分慌张。

05

我在休息室等他换衣服，这时候人都走得差不多了，只有换好衣服的球员从更衣室陆续离开。

过了一会儿才看见他，穿着简单的白T恤和黑裤子，拎着一个运动包，头发湿漉漉的，他边走边拨头发。

“等很久了吧？”他好像时刻都在笑，笑得深得我心。

我点头，活动了一下有点酸的脚：“是有点。”

他挠挠头，有水珠滴到地上，倒是很坦诚：“对不起啊，因为想收拾干净一点。”

他这样子真的是……莫名可爱。我笑出了声，我们并排走出去。

白一冉："我们赢了，"尽管他好像在努力掩饰，但语气里的雀跃还是感染了我，"赢了好多分！"

我："很厉害。走吧，我请你吃饭。"

我率先朝前走去，隐约听到他小声嘀咕："我不想要你请……"

我们坐在大排档，点了几斤小龙虾，我问他："能吃辣吧？"

他点头，眼里亮晶晶的。啧，怎么这么像他的微信头像，那只笑得露出大白牙的阿拉斯加。

我找话题来聊天："你是校队的？"

白一冉："嗯，你知道啊？"

我："岂止是知道……"他长得帅气，篮球又打得好，加上人品没有可以诟病的地方，在经管学院，也算是个院草了。

他的头发已经差不多干了，细碎的发丝挡住了一点眉眼："我小你一级。"

我："你大二？"

白一冉急急道："我今年已经二十了！"

他这个语气，好像路边生怕被遗忘的小狗，我倒不是介意他的年龄，看他着急的样子，故意说："你上个星期很忙？"言下之意就是为什么现在才联系我。

白一冉有点支支吾吾的："练球伤了手腕，绑了一个星期的绷带……"

他这个表情和语气，真的让我不得不以为……

"不会是为了今天能赢才拼命练的吧？"

"……嗯。"

嘶——他垂着头，眼里有点紧张和不安，舌尖轻轻地舔了一下嘴唇，我看得一阵意乱。

幸好这时龙虾端上桌，才稍微缓解了一点微妙又暧昧的气氛。

他套上手套开始剥虾，那双运球极稳的手，拿着小龙虾，认真得像是一场严肃的比赛。他将剥好的虾放在我盘子里，很快虾肉就叠成了一座小山。

“谢谢，够了，你也吃吧。”

他展颜一笑，露出唇边尖尖的虎牙。

暴击。我李梧桐活了二十年，从来不知道自己这么好男色。

送我到寝室楼下的时候，他问道：“明天还能约你吗？”

真是坦诚直白得可爱。

我做思考状：“唔……看你打球吗？”

他愣了一下，连连摆手：“看……看电影。”

“好啊。”

“那……明天见？”

“明天见。”

06

电影是他选的，是最新上映的喜剧片。

很常规的约会流程，看电影吃饭，散步回家，他总是不自觉流露蠢蠢的眼神，偶尔眼神亮晶晶的，让人忍不住想揉揉他的头。我们在河边散步的时候，他的语气突然有点紧张和不确定：“你还记得这里吗？

“暑假的时候，七月二十四号，你在这里救了一个跑步晕倒的男生。”

他这么一说我就想起来了，我有点意外：“是你啊？”那时候还真没注意他的脸，当时天太黑，情况又很紧急，哪有精力去看他长啥样啊。

他点点头："我有夜跑的习惯，那天可能有点中暑，没注意，跑到这里的时候，眼前一黑就……"

那天我从图书馆出来，回家的时候，前面夜跑的男生突然毫无征兆地晕过去了，我就帮忙打了120，联系了他的家人，耽搁了个把小时才回家，我妈还以为我被锁在图书馆了。

"没事，准确来说是白衣天使救了你。"毕竟我只是帮忙打了个电话，但白一冉认真地说："谢谢你。"

说完他递了个东西给我，我接过来一看，是一张图书馆的借记卡。

"你落在医院的病房里，是我妈妈后来捡到的。问了医护人员，才知道就是你跟着救护车到医院的。"

我眼前一黑，赶紧收下这丑绝人寰的证件。

"哈，那还真有缘分，联谊又遇到你了。"

"不是的。"他摇头，"我是看见你的名字也在，就用两顿饭买了室友的名额。"昏黄的路灯下，他认真执拗的眉眼，无端让人心动。

我打趣他："噢，所以你这是……报恩呢？"

白一冉的耳朵红了，眼神却没有闪躲："嗯。"

我忍住想要揉揉他的头的冲动："以身相许啊？我得考虑考虑。"

07

可不得考虑吗，我坐在操场的球台上，看着他打球的身影，还有旁边围着尖叫着的一干雌性生物，心里有点泛酸水。

跳得那么高，球衣都被带起来了，啧。

球技很好嘛，带球过人怎么这么帅呢，啧。

擦汗都那么撩人，犯规了啊，啧。

他打完一场，喝水的时候终于看到了我，他亮着眼笑着朝我跑来："你来很久了？"

我微笑点头，无懈可击："嗯，从那些小姑娘开始尖叫就来了。"

他笑容一顿，转头看了，抿了一下嘴，突然笑得狡猾："你不喜欢？"

他说："那我以后只在没人的时候打给你看。"

我失笑，瞪了他一眼："我那么霸道吗？"

他被我说红了脸，小声嘀咕："我说真的啊。"

我心里痒得不行，轻轻踹了他一脚："换衣服吃饭去。"

他笑着跑走，而我收到了一干嫉妒好奇的目光，啧，有点爽是怎么回事。

吃完饭，他显得有点闷闷不乐的，踢着脚下的石子，耷拉着脑袋，像只失落的大型犬。

我们走到球场，他突然停下来，一脸认真地看着我："下午我是认真的，要是你介意，我就……"

我打住他："哎哎，可别啊，你又不是我的所有物，我还要在你身上贴一个'李梧桐专属'吗？"

他一下子红了脸："可，可以贴。"

我点头："好啊。"

白一冉："啊？"

我示意他将滚落在旁边的篮球拿来："把那个给我。"

我将篮球放在脚下，看着他紧张的脸，深吸一口气，摇摇晃晃地想要站上去，他不明所以，赶紧伸出手扶住我。

他的手臂真的很有力量，我站在篮球上，才总算和他平视了。

我看着他的眼睛，一字一句道："我的男人，就要做球场上最靓的仔，光芒四射地肆意散发魅力，但是所有人都知道，这个男人，是我的。"

"你同意吗？"

"同意。"

"那么第一步，先来盖个章吧？"我觉得自己的语气有点流氓，事实上我也的确要做流氓做的事。

白一冉笑着问："怎么盖？"

他的手劲大，抓得我的手臂有些痛，我将手挂上他的脖子，凑近他，非常准确地啄了一下他的唇："这样盖。"

被我亲过以后，他显然有点愣怔，但很快就反应过来了："再盖一下。"

"哈哈哈哈哈哈哈。"

盛夏的夜，带着一点潮热的水汽，他的手圈住我的腰，贴上我的唇。

END

程序猿和他的暴躁女友

PEOPLE IN LOVE

文 / 石左
青年作者，在校大学生，电台写作者。
文章多见于期刊杂志。微博 @ 石 - 左

再优秀的程序员也敌不过更优秀的 Bug，再优秀的女生也受不了更蠢的程序员。听到有人说，程序员找不到女朋友？那我来跟你说说，身为程序员的我有个汉语言专业的女朋友是什么体验！

程序员男朋友有什么好？钱多话少睡得少。

01

我跟小玉是网上认识的，见面之前我们在网上聊得很嗨，后来她说，其实我每次找她聊天都很尬。

我问，怎么尬了？我百度了那么多段子，怎么会尬？

我的反射弧比较长，说好听点儿是稳重，说难听就是反应慢。

小玉给我发了几张我和她的聊天截图。

“大四了还没谈恋爱，唉，感觉再也赶不上早恋的尾巴了。”

我特机智地回她一句："没关系啊，早恋来不及，黄昏恋绰绰有余。"

她回我一个翻白眼的表情。

"我以后好想去海边生活啊，觉得好漂亮。"

"新闻说，长期住海边命短。"

她回我一排翻白眼的表情。

"今天来姨妈了，好难受啊。"

"噢，多喝热水，少洗澡。"

她回了我五排翻白眼的表情。

后来我知道了，她就是想要我多陪陪她。哈哈，这女生真可爱。

我俩聊了大概一个多月的时候，我跟她表白了。我做了一个程序，发到她电脑上，打开每一个应用前就会出现几个字："小仙女，我喜欢你。"

如你们所知，我表白成功了，她说我平时除了木讷了一点，直男一点，也没有什么其他的缺点了。

我觉得当程序员最棒的事情就是，能遇到一个懂自己的女生。虽然我不会表达，但她都知道。

02

我发现程序员经常熬夜修 Bug 有三个弊端：第一，记忆力越来越差；第二，数数会经常数错；第四，记忆力越来越差……

我经常忘记节假日，甚至她的生日也会忘。

有一年五月二十号之前好几天她就跟我发消息：吾昂林快到了哦。

吾昂林是谁？你同学吗？

于是她打电话过来把我狠狠骂了好久才挂断，用她汉语言专业的文学底子，再配上那张可以嘴战群雄的三寸不烂之舌，让我深刻地记住了“吾昂林”就是五二零的意思。欸，等等啊，五二零又是啥意思？

到了五月二十二号我才买好礼物去见她，这时候她已经准备好几辈子不理我了，我站在她学校门口，给她打电话她不接，发微信她不回，最后我发了一条短信——“我在你学校门口转角的火锅店等你。”

我自己都还没到火锅店，这小妮子就已经一头冲进去了，而且我是亲眼看到她火急火燎兴奋地跑进去的，她根本没看到我——留下我一个人在炎炎夏日的蝉鸣声中怀疑人生。

然后我收到表情笑得比谁都甜的她的微信：我到啦。

我看着她吃饭像是得把整个火锅盆给吃下去的样子，问：“毛肚够吗？鸭肠够吗？要不要再帮你叫一份牛肉？”

等她终于吃够的时候，我就开始跟她解释了，为什么我到了五月二十二号才来找她。

她冲我翻了一个白眼：“别以为老娘不知道，你肯定睡过头忘记了。”

她边涮牛肉边说：“你跟我交代清楚，是不是喜欢其他小学妹了？”

接着边涮羊肉边说：“你知道我二十号那天等你多久吗？连消息都不给我发一个！我室友都出去和男朋友逛街，我一个人一整天都待在寝室。啊，好烫，好烫，呼呼……”

问我这时候应该怎么办？我所有亲爱的程序员男同胞们，所以说你们没有女朋友还是有原因的……

我二话没说，问服务员要来菜单，再拿来笔——给她列下了一个算式：5×16×16+2×16+2=1282+32=1314。

然后再跟她解释十进制下的 1314 就是十六进制下的 522。

今天是黑客情人节，我爱你一生一世。

我把她感动得都哽咽了："唔……我还想加盘牛肉。"我，无语。

03

有一次我在跟导师修改一个 Bug，那个工程挺大的，所以忙得跟女朋友整整三天没联系。那天，女朋友特别着急地打电话给我："老公，我笔记本电脑死机了。"

我立马跟她说："电脑死机分好几种情况，是开机时死机，还是退出程序后死机？"

"应该是退出程序后死机。"

我又跟她说了一堆：在自检过程中或自检完成后死机，但系统给出了声音、文字等提示信息的，可以根据开机自检时非致命性错误代码表和开机自检时鸣笛音响对应的错误代码表来检查；开机自检时鸣笛音响对应的错误代码表中所列的情况……

我劈里啪啦说了好久。

她在电话那头生气得想挂我电话甚至暴走，因为在她的沉默下，我明显感觉到一股寒流从背后袭来。

我赶紧跟她说：你重启，重启一下试试。

然后我想到了电影里的桥段：如果重启不行，我马上来你家帮你。

哼哼，要不说我咋这么聪明呢，不然怎么追得到女朋友。

女朋友一声气震山河的咆哮：我电脑没问题，滚蛋吧你！！

我：哈？到底有没有问题？

第二天我赶紧上网给她买了一支死贵死贵的口红，然后当面向她赔罪，还陪她逛了一整晚的街，吃了一整条街的小吃。一切都结束后女朋友这才勉强露出微笑，我悻悻地一抹汗。幸好昨晚通宵找出 Bug，不然导师肯定不放我走。

正说着导师就打来电话："小兔崽子，你跑哪儿去啦，你光找出 Bug 你还要修复啊……"挂电话后，我对着已经断线的电话那头喊，谁管你怎么修复，有什么 Bug 能比陪媳妇儿重要？去你的老单身狗！

我骂完就赶紧抱着她说："媳妇儿，我错了，你比 c++ 重要，你比 java 好，你比 Bug 暴躁，但是我就是最爱你，我以后只对你好。"

一想到这儿我就不由自主地颤抖了一下，今天幸好来了，否则肯定有生命危险。

小玉给我一个大嘴巴子，去你的，唱一段 freestyle 还这么不专业。

其实程序员的爱情价值观很简单：爱情是死循环，一旦执行就陷入进去了；喜欢上一个人，就是内存泄漏——因为你永远释放不了；真正爱上一个人的时候，那就是常量限定，永远也不会改变。

听不懂了吧，哈哈哈，我也解释不来……

总之就是，程序员他一旦爱上你，就会永远对你忠心。

END

你的眼里有一片海

PEOPLE IN LOVE

文 / 慕湘思

不知名超气人写手，专业糖店店长。

微博 @ 单手写甜文。

01

我和周瀛的初见，着实算不上太美好。

作为深度恐海症患者的我一度怀疑我脑子不好使，到底为什么会一下子短路答应我闺蜜所谓的“克服大海计划”，这自然不是因为责任和爱，大概只是为了去丢人。

因为我对大海有着由衷的恐惧，所以当铺天盖地的海浪打过来时，我的第一反应竟然不是跑——对，我被吓得动也不敢动，任凭海风卷着海水拍在我脸上，而下一秒周瀛就扯着我的泳衣带子把我从水里拎了出来。

在被海水呛晕过去前，我最后的念头竟然是他的眼睛蓝得很好看，周瀛的眼睛不同于欧美人的浅蓝色，而是很深邃的蓝色，像是藏着一整片平静的大海。

也许是因为我对周瀛的美色太过于垂涎，直到我醒来，我都一直紧紧地攥着他的手不松开。闺蜜在旁边嘲笑我见色忘友，周瀛却很细心地帮我把胸前的吊坠塞到了衣服里面，问我："恐海症？"

我点了点头，周瀛顺手就把我乱糟糟的头发理顺了，他说："可以去做心理诊疗，不严重的话做几次心理疏导，严重的话可能就需要药物干预了。"

也许是因为周瀛是第一个没有笑话我怕海的人，在那么零点零几秒之间，我有了心动的感觉。

周瀛站直了身子对我闺蜜说了些什么，但我没大听清楚，因为我的关注点全部都在他的锁骨上了。

用最近微博上流行的话来说，周瀛这样的男孩子就是A爆全场的那种。

因为沉迷于美色，一直到周瀛离开，我闺蜜敲了我脑门三下，我才清醒过来。我对闺蜜说："三分钟，我要这个人的全部资料。"闺蜜又敲了一下我的脑门，"你没听清楚吗？人家是滨海游泳馆的游泳教练，今儿只是兼职来做救生员了。照你怕水那个性子，还想去追人家，做梦！"

我又用了零点零几秒决定舍生取义，为了追周瀛，我要去滨海游泳馆报名学游泳。

02

第一次跟着周瀛学游泳，他在我心目中的地位就又上升了一个高度。

周瀛的身材很好，脱掉衬衫穿上泳衣更是衬得他的肌肉线条十分明显。为了追他，我不惜大出血贡献了我暑假兼职的所有工资，请了周瀛做我的私教。

即使男神已经这么帅了，我还是难以克服自己对水的恐惧。周瀛只能握着我的手揽着我的腰，带着我一点点靠近水。

泳池里的水很凉快，周瀛身上带着沉香木的香味，我突然想到自己刚买的大吉岭夜色，这款香水喷在周瀛身上应该会更好闻吧，直到周瀛在旁边低声让我专心，我才收敛了绮想开始专心学习。

爱情的力量是伟大的，因为有周瀛在，我难得和这么多水亲密接触了一下午还没晕过去。中场休息的时候，我坐在泳池边上，周瀛递了条毛巾让我把身上擦干。

我笑着看了他一眼。不知道他想到了什么，耳朵腾地一下就红透了，过了一会儿他才小声对我说："这条毛巾我没用过，是新的。"

休息时，周瀛坐在我旁边指了指我的吊坠："这个很好看。"

我笑了笑，又问他能不能游泳给我看，他一个猛扑扎到泳池里，水溅了我满脸。原谅我一个理科生不知道该怎么形容，周瀛游起泳来就像在水中跳舞，那些水都细细地缠绕着他，仿佛在听他的指挥，他的动作既轻柔又充满爆炸性的力量。

我简直太佩服周瀛了，他又高又帅，而且不怕水，游起泳来还这么美。

上完课之后周瀛说他顺路送我，还要带我去个地方，我颇为激动了一番，结果他把我塞到车里就带我去了个心理咨询室。

周瀛见我一脸疑惑，边替我解开安全带边对我说："这里的心理医生做疏导很厉害的，你来我这里学游泳，首先就要不怕水。"说完他就领着我进去了。

做疏导的心理医生确实很厉害，可我的关注点全部落在她的美貌上了，出了咨询室大门我就没忍住问周瀛："你和那个医生很熟吗？"话一出口我就后悔了，我和周瀛不过才见了两面，我有什么立场去问他呢？

周瀛犹豫了一下回答我："我也不知道该怎么形容，我和小淼确实挺熟的，准确点说，她应该是我的老乡。"

我"哼"了一声，老乡什么的最容易发展出一段感情来了好不好！

03

在我第十三次煲了海鲜粥送给周瀛喝之后，整个游泳馆的人都知道了我对他的不轨之心。大家看到我都露出意味深长地笑，馆长还凑过来对我说：“加油啊，小桥妹妹！”

据我在游泳馆里发展的线人所说，周瀛为人高冷得很，好多女孩子为了追他报名来学游泳，但他全推了，我是他唯一一个女学员。

周瀛坐在我旁边慢条斯理地喝海鲜粥，我从包里翻了张纸给他擦嘴巴，我刚想问他周末有没有空陪我去看电影，周瀛就拿出了两张电影票，他问我：“周末忙吗？”我摇了摇头。

那是我们看的第一场电影，我已经忘记演的什么了，演到男女主角你侬我侬的时候我睡着了，电影结束的时候我的口水流了周瀛一肩膀。周瀛问我是不是不喜欢看这个类型，我连忙摇头说不是，他接着说：“下次你来选电影吧。”

我还羞愧于他肩膀上的口水，想也没想就答应了他。于是就有了我们第二次、第三次一起看电影的经历，那个夏天的好片、烂片周瀛都陪我看了个遍，整个滨海市的夜宵我们也吃了个遍。周瀛记住了我看电影要吃大桶爆米花喝中杯雪碧，我也记住了他习惯要一杯冰芒果汁。我闺蜜还在小姐妹群里斥责我有了男神没有姐妹，我连发了两个五块二的红包才平息了她的怒火。

在夏季的尾巴要溜走的时候，周瀛对我表了白。

那晚的风很凉爽，空气里都带着初秋的味道，我们一块儿吃了火锅，因为我吃得太多了，所以周瀛就陪我散步回家。我走在周瀛前面，把手背在身后，他突然拉住我的手问我："林小桥，我们能试试吗？"

我一下子没反应过来，反问了他一句："试什么？"周瀛的脸又腾地红了起来："试试谈恋爱。"

我的心里像是有朵花"嘭"地一下开放了，千万个小人在我脑海里撒着礼花，但我面上还是要保持冷静，我轻轻地点了个头说："好啊。"

04

很快暑假就结束了，开学那天周瀛送我回学校，还给我买了满满三大箱的零食。从我的家到滨海游泳馆步行要十五分钟，从我的学校到滨海游泳馆开车要半小时，周瀛揉了揉我的头发对我说："今天就要开始异地恋啦，林小桥小朋友。"

我觉得周瀛一定是去了哪个情话进修班学习了，不然怎么他说的每句话都这么撩人。

虽然周瀛嘴上说着我们开始了异地生活，但他每天晚上都会来学校找我一起吃饭，有时候遇见我们导师，老爷子上下扫视着我们扣紧的双手，周瀛就很礼貌地和老爷子打招呼。

十一的时候，周瀛参加了一个游泳比赛，比赛倒没多重要，只是城市友谊赛，但我坐在看台上的时候，我才更直观地认识到周瀛的光芒。

他在水里的时候，是最耀眼的存在。

比完赛我挽着他的胳膊说他以后就是我爱豆了，他愣了一下问我为什么，我说因为你帅啊。他笑着说这算什么理由。

我问他当初为什么会给我告白，他想了好半天对我说:“因为你好看。”

我心里的小人又开始撒花了。

05

初冬还没到，我又一次因为恐海症晕倒了。

那天是周末，我接了个学校附近的家教兼职，周瀛有事不能去接我，我就打算自己走回宿舍。那个小区是个新小区，人迹稀少，但却有个很大的人工湖。老远我就看见有个什么东西在水里扑腾，我还以为是小区养的鸭子，结果走近一看才发现是个小胖子。

我的脑子还没来得及反应，身体就做出了行动。我扑到水里想要把小胖子往岸上推，但小胖子实在是太沉了，我一用力他就乱扑腾，我恨不得给他一巴掌让他安静。

水一波接一波地灌到我的嘴巴里，我的手开始逐渐没有了力气，我把小胖子推上了岸，自己却怎么也没有力气往岸上爬了。奇怪，周瀛教了我那么多游泳的技巧，我却一点劲儿都使不上，迷迷糊糊间我觉得水波变得温柔了许多，它们簇拥着我，我的视线开始模糊，感觉自己仿佛被什么推上了岸。

等我再醒来时，我已经在医院里了，消毒水的味道有些呛人。周瀛就坐在我床边，他骂我："你是猪吗，林小桥？出息了啊你，还学会见义勇为了？"

我的头晕晕的，他一骂我我就慌了神，我不光在感情生活里是一个笨蛋，学习方面我也不聪明，除了做饭和做梦，我好像没有一点拿得出手的地方。就拿学游泳这个事来说吧，我犯了无数次错，但周瀛从来没有骂过我。这是他第一次凶我，一贯温和的人一下子发起了脾气，我更是不知道怎么办好。

我扯了扯他衬衫的袖子对他说："我错了嘛。"周瀛不为所动地剥橘子，我得寸进尺地把他的头拗过来看着我，继续向他道歉。

周瀛终于没忍住，塞了瓣橘子在我嘴里让我赶紧躺下。虽然他已经很生气了，可是他还是很细心地把橘子丝都摘掉了。

因为我爸妈携手去一个新发掘的考古现场出差了，据说那个地儿信号差到一周才能打出来一次电话，照顾我的重担就落在了周瀛身上。

晚上的时候他一定要留在医院陪我，那晚的星光是我见过最好看的。被我救起来的小胖子家里好像很有钱，还特意给我安排了一间单人病房。

周瀛拉开窗帘让我看看外面，二十一层的高度，让我有一种接近天穹的感觉，我回头对周瀛说："以后咱们也住二十一层，要有一面大大的落地窗。"他笑着说好。

我对周瀛说："其实我今天很害怕，害怕自己会醒不过来，害怕自己会再也见不到你。"周瀛掏出手机给我百度了"有人溺水了怎么办？"让我熟读背诵。

"我小时候不怕海的，我外婆家就挨着海，每天天不亮我就去海边玩。大概是我六岁的时候吧，我在海边的珊瑚礁上见到了一个小哥哥，他旁边有着好多好多会发光的鱼鳞，我对他笑，他就递了一片给我。他的腿上有好多血，我跑回去找外婆，对大人们说有个小哥哥受伤了，大人们都不信，我就在海滩上跑啊跑，等我跑到那个地方的时候小哥哥已经不见了。我只看见海浪卷着一大团亮闪闪的东西消失在了海岸线上。"

我总觉得是我的错，害得一个活生生的人被大海吞噬了，从那以后我只要看见大海就没由来的有一种窒息感。我扯出我脖子上的吊坠，要不是这片鳞片，我都要觉得那只是我小时候做的一场梦了。

周瀛抱了抱我对我说："乖，都过去了。"

那晚我和周瀛聊了许多，从我小时候馋嘴吃了两盘皮皮虾结果过敏进了医院，聊到他小时候离家出走被他爸妈抓回家打了整整三天。第二天早上我醒来的时候，周瀛枕着我的胳膊睡得正香。

哪怕我重申了很多次我已经好了，但是小胖子的家人还是给我在医院安排了两个星期的豪华服务。

周瀛虽然不会做饭，但还是特意去买了口小砂锅给我煲汤喝，除了第一次的太咸，第二次的没有味道，后来几次煲的还挺好喝。

06

我出院那天，周瀛没有去接我，我给他打了三十一通电话，他没接。我去滨海游泳馆也没有找到他，馆长和我说他也联系不上周瀛了。

心理咨询室的小淼给我打了个电话，我没接到，再拨回去的时候，只有忙音。我去报警，警察给我立了案，查来查去都是查无此人。

周瀛这个人就像是人间蒸发了一样，除了手机里我们亲密的照片，他仿佛从没存在过，我和周瀛之间就像是一场已经清醒了的梦境。

我找了他整整三个月，可他就像是在这个城市从没出现过一样消失了。我的男神周瀛，猝不及防地出现在我的生活里，又极快地从我的生活里撤离了。

春节那天，我和我闺蜜买了几百块钱的烟花去燃放，我喝了两听啤酒，烟花绽放在天际的时候，我突然想起来周瀛和我说过等过年了他就带我去他老家，那里的晚上烟花可以随便放，风景美得就像是电影的空镜头。

周瀛失踪了这么久，我没有哭过，可那晚也许是酒精作祟，我哭湿了一整条围巾，我闺蜜牵着我的手大声骂周瀛大骗子、死渣男。她安慰我说有什么大不了，她给我多介绍几个优质男生认识认识，这世上男人那么多，比周瀛帅比周瀛高的多了去了。我摆了摆手说不要，好男生确实很多，可是我的男神却只有一个啊。

07

周瀛回来找我那天，我刚结束了一个实验课题，连轴转了一个多月，我整个人都是懵的。几个学弟学妹闹着要去喝庆功酒，我实在是跟不上年轻人的节奏，干脆一个人留在实验室打扫卫生。我忙得焦头烂额的时候，有人敲了敲实验室的门，我刚想嘲笑是哪个学妹又忘记带遮阳伞了，一抬头却看见了周瀛。

两年多不见，他还是那么好看。

我心里却像是打翻了五味瓶，一时之间不知道该是一种什么心情，我回头继续收拾实验室，但不是打翻了试管就是弄乱了试剂。我气得把没用的东西胡乱一堆，高危试剂锁到了柜子里就准备回家。

周瀛堵着门对我说："林小桥，我带你去个地方。"不知道是不是我还对他心存幻想，他这么说我竟然同意了。

我想周瀛一定编好了一肚子的谎话来骗我，可我心里却有个念头在对自己说，不管他说什么，我都要再信他一次。理智和情感在我的脑子里打了一架又一架。

周瀛带我去的地方是滨海游泳馆，往日里热闹的游泳馆门口贴上了闭馆的字样，周瀛牵着我往里跑，根本就没给我机会质问他在耍什么花招。他带着我走到泳池边，他对我说："小桥，我知道你在生气，可是我接下来要说的事情对你来说太玄幻了，所以我必须要证明给你看，你才能相信我。"

说完他就脱了上衣和裤子，我一下子怔住了，连尖叫都忘了，我问他："你要流氓吗？"周瀛没回答我，转身扑到了水中，我看见他的下半身逐渐产生了变化。我曾经的男神兼男朋友，竟然长出了鱼尾！

他的鱼尾很漂亮，和他的眼睛一样，都是深邃的蓝色，我蹲下来摸了一下，冰冰凉的。

周瀛对我说："前年你出院那天，我的尾巴出现了点问题，所以我爸妈把我带回了老家。"

我拍了一下泳池里的水，踢了周瀛一脚："那为什么不给我打电话？"

周瀛接着说："褪鳞期的时候，人鱼是不会有意识的，他们会陷入昏迷，一直到尾巴上的新鳞全部长出来。我本来拜托了小淼告诉你，谁知道她也提前进入了褪鳞期。"

"小淼也是人鱼？"我又踢了他一脚。周瀛一脸理所当然地说："是啊，不然我干吗说她是我老乡。”

我一时之间竟然不知道该不该继续踢他了，他还在喋喋不休地和我解释：“我爸妈本来能来找你的，可是族里很久没有两条一起褪鳞了，全族的人都在圣地守着我们。”

我问他，褪鳞期没有征兆的吗，他顿了顿才说：“人鱼第一次褪鳞是为了长出人腿，第二次褪鳞是因为……发情。”

我恍然大悟，原来是发情啊，然后用力踢了他今天的最后一脚：“你对谁发情？”周瀛看了看我仿佛我是个白痴，然后我听见他说：“你啊。”

我心里的花，嘭嘭嘭，开出了一片花海。

周瀛却一个翻身起来开始穿衣服，我听见他说：“完蛋了，小淼还没褪完鳞，我还没给她男朋友报平安。”

后来周瀛还告诉了我三个小秘密：我重新爱上大海是因为他，我恐惧大海也是因为他。没错了……我小时候遇见的那个小哥哥，就是离家出走，不幸搁浅在海滩上褪鳞的周瀛。

周瀛喝醉酒之后还对我说，他一开始愿意做我的教练是因为想起来我小时候扎两个羊角辫看起来蠢不拉几的样子，后来相处久了他才越来越觉得我真的是一个很特别的女孩子，特别的刚刚好击中了他的心。

那天晚上我让他跪了一宿的键盘。

另一个秘密是，我救了那个小胖子，那片鳞片救了我。

至于第三个秘密嘛——周瀛说他是真的真的很喜欢我。

08

又过了三个月，小淼也回到了滨海，她喊上了她家的书呆子和我们一起吃了顿饭。

那天晚上周瀛带我去了我们学校附近的一个小区，他拿出了这么多年的积蓄在这个小区买了房子，房子不大但是在二十一层，有一面很漂亮的落地窗。

我站在窗边向下看，周瀛俯身过来想要亲亲我，被我一个转身躲开了，他把我扯到怀里从背后揽着我，亲了一下我的头发说："好闻。"

我转过脸去看他，光洒在他脸上，映得他格外好看，我问他："我可以亲亲你吗？"周瀛让我闭上眼睛，然后我就感觉到他的嘴巴贴近了我，柔软潮湿，还带着好闻的沉香木的味道。

我问他："还能继续教我游泳吗？"周瀛点了点头说："当然。"虽然他教了我那么久，我都没学会游泳，可我还是孜孜不倦想要拥抱大海。

因为他的眼里有一片海，我想长长久久地住在里面。

END

好学的我

PEOPLE IN LOVE

文 / 予棠

予你与糖，你要的糖我都有。

主题：世界上真的有鬼吗？真的有人见过鬼吗？

描述：我最近看了一大堆鬼片，结果看哪儿觉得哪儿不对，感觉房间里总有人在盯着我一样。我现在正在被窝里瑟瑟发抖，所以真诚地问问大家世界上到底有没有鬼？！别是我自己吓自己！

不邀自来。

此时我正和题主一样在被窝里瑟瑟发抖。但我能肯定的是，这世界上真的有鬼！

顺便真诚地提醒一句，千万不要学网上讲的用段子招鬼！搞笑的段子也不行！后果真的很可怕！

8 月 25 日第二次更新答案

既然大家对我的故事这么感兴趣，我就详细地讲讲吧。

先说背景。

我爸妈最近出去玩儿了，这两天就我一个人在家，然后这两天我总感觉家里怪怪的，电视机有时候会自己关掉或者把声音调小，半夜空调也会莫名其妙地被关掉，把我活生生地热醒。而且我书桌上放的暑假作业也有被翻动的痕迹。

我把这事儿告诉闺蜜，结果她给我发了一个段子，大体就是说一个人无聊对着空气说："有鬼吗？能不能请你帮我关下灯，谢谢。"结果灯真的关了！

我看的时候是真觉得好笑，闺蜜说让我也试试，说不定就能试出来到底有鬼没鬼了。

说实话，我刚刚才被评为优秀共青团团员，生在红旗下，长在阳光里，受马克思主义唯物论教育和辩证法思想的熏陶，会相信这世界上有鬼？

简直是个笑话。

于是我问了。

于是灯关了。

灯！真！的！关！了！

在这风雨交加的夜晚，我独自一人体会到了真香的滋味。

啊！真香！

我现在在被子里，慌得不行！

8 月 25 日第三次更新答案

你们为什么都笑！这么可怕的事情你们为什么都在笑！

评论里说这个鬼帮我关灯，是个贴心的鬼，让我和它好好聊聊，看能不能送走的那位仁兄，我告诉你：

这个鬼，它，其实不是鬼。

说它是鬼也太不严谨了，有宣扬封建迷信的嫌疑，这不太符合价值观。

刚在被子里闷了一会儿闷得我头有点昏，就在我纠结到底要不要出来透口气的时候，我听到了空调被关掉的声音。

其他的我都能忍，关我空调这事可不能忍！

我打算出来和这个不知名的物体好好地讲讲道理，我没做亏心事，根本不怕它！

然后我和它进行了一场亲密而友好的对话。

别的不说，这小伙儿长得挺帅，圆脸大眼小酒窝，笑起来还露个虎牙，简直长在我的审美点上！

有点偏题，他的长相不是重点，谈话内容才是。

他说他不是鬼，他能感受到他的身体还没死。严谨地说，他现在应该算是灵魂出窍。

除了这事，剩下的一问三不知，不知道自己叫啥，不知道自己为什么会灵魂出窍，不知道自己为什么会跟着我。

然后他试图用科学的方法给我论证灵魂出窍的可行性。我真是奇了怪了，明明自己姓甚名谁家住哪里都不记得，还能在这儿给我侃牛顿一二三定律，爱因斯坦相对论，还有什么量子力学脑电波之类的。

我问他为什么调我电视关我空调翻我作业，结果他居然很认真地说我看的电视太幼稚，空调开得太低，作业做错了一大堆。

好的。

我现在还有一个问题，为什么我能看到他？

现在凌晨两点半，但我毫无睡意。那个鬼，啊不，是灵魂，也不能说是灵魂，是那段脑电波。

不对，既然是脑电波为啥我能看到他的脸……算了，再讨论就涉及其他领域了。物理的尽头是数学，数学的尽头是哲学，哲学……我还没参透，那就姑且先称之为脑电波吧。

脑电波和我聊完之后就不知道飘到哪里去了。

总结一下我俩的聊天重点：我提出在我睡觉的时候他不能进我卧室，他说要我帮他重回身体。

就在我俩达成共识的时候，他又说，他无聊，明天要教我把那些做错的题全部改掉。

我……无话可说。

我仔细回忆了一遍最近的所作所为，终于让我想到为什么会看到他的比较合理的解释。

原因可能是我天生一双潋滟桃花眼且这双眼睛善于发现生活中的不同。

生活不缺少神奇的事物，只缺少像我这样的倒霉蛋。

唉，虽然他已经用科学的方法和我解释过了，但我还是心里毛毛的。

天好热，我好害怕。我好累，但不敢睡。

我决定翻翻物理书，看看什么牛顿定理相对论之类的，看能不能把它送走。

9月1日第四次更新答案

姐妹们我开学了，好久不见大家有没有想我。

评论里问我还活着吗的那些人，我活得好好的，只是头快秃了。

还有问我把脑电波送走没的那些仁兄，我没有送走。

唉，物理那么难，我等凡人看不进去啊！而且从25号到现在，那鬼已经压着我改了六天的错题了，我哪有时间啊！

他是学习学得废寝忘食才灵魂出窍的吧？！太可怕了！物理那么难，他居然一眼就能看出答案，还会徒手开根号，求导解方程。

我已经求了很久的导了，我累了，我现在只想求求那位大哥放过我吧！

我恨数学恨物理更恨他！

不！物理和他并列第一！

我白天做题，晚上带他出去找关于他身体的线索，短短几天，我的头发秃了，皮肤粗糙了，黑眼圈也重了。

我不再是从前的那个我了，我现在像一棵海草海草海草……呸，我现在是一棵无人知道受尽折磨的小草。

谁能比我惨。

唉，我在回家的路上怀着悲愤的心情更新这条回答。

家里有一个好学的灵魂在等我回家做作业。

生活太苦，学习太累，我只能在学校里获得一丝喘息的机会。

不过新同学们不错，对我这个转来的插班生很热情，同桌还请我喝了奶茶。

但是我们班还有一个人没来。

同学说没来的是全年级第一兼校草，好像是因为暑假的时候见义勇为救了个小孩，现在还在医院里躺着呢。

我问同桌他醒来了不就赶不上课程得留级?

同桌以一种看傻子的怜惜目光看我：人家哪怕一学期不来上课，期末考试都能考第一，你猜人家留不留级?

真是人比人气死人。

有的人活着，不会求导，有的人昏着，能考第一。

上天不公!

好了，感叹完了，我也到家了。

家里有一段好学的脑电波在等我回去做作业。

他是不是想通过写作业来耗尽我的精气，使我也变成一段可怜的脑电波？！

真是用心险恶！太狠毒了！

就算是为了我为数不多的秀发，我也得赶紧想办法把他送回他的身体。

2月16日第五次更新答案

转眼又是一年过去了，我在这里给各位拜个晚年！

好久没登了，没想到多了这么多评论。

脑电波还在我家当我的家庭教师，我的娘亲和老爸因为有事耽搁了，所以还在外国某个不知名的角落里，但此时我们共同举头望明月。

不对，他们离这差好多时区，估计举头眼睛会被太阳闪瞎。

只有我一人和一个阿飘举头望天空。

他思什么我不知道，但我心忧愁啊！

如此良辰美景，阖家团圆的大好时刻，我居然要和一段脑电波一起过，人生惨淡。

和他一起生活也有小几个月了，我感觉我的智商在他的影响下呈现出上涨的趋势。

说件小事。

在好学灵魂兢兢业业的督促和辅导之下，本学期期末考试我考进全班前十了呢。

我物理考了 83 分哟！

哈哈哈可喜可贺，真是可喜可贺！

今天我懒得写寒假作业了，抄了同桌的答案，准备做做样子写一写。

结果写作业的时候，他忽然问我这道题为啥选 A。虽然他是个灵魂，弄不出什么声音，但是我看他的动作，仿佛敲的不是桌面，而是我的心。

这感觉和上课偷偷看小说被班主任发现一样恐怖。

我后颈一凉，说：因为 BCD 都是错的。

然后他笑了，夸我最近变聪明了。

感谢同桌给我抄作业，感谢同桌的答案都是正确的，感谢我有个好同桌。

真的吓死我了。

不过他笑起来确实挺好看的。

不是，我这想什么呢！

说完这件小事再说说正事。

一般人为什么会灵魂出窍啊？灵魂一直回不去会怎么办，死掉？还是成为植物人？

虽然我感觉最近它没表现出什么不同来，我确实也有点怕他，但是一起相处这么长时间，也生出点感情来了。

不是那种感情啊！

就有种互相扶持相依为命的感觉。

他要真出什么事儿了，我会很难过的。

他人真的挺不错的，长得帅还会干家务，他也给我讲了那么多题，关了那么多次的灯，真出啥事了我也有点舍不得。

我这叫未雨绸缪！

唉，我真是个善变的女人。

2 月 20 日第六次更新答案

评论区里有位仁兄的话说得十分在理。

他能跟着我肯定是我在哪儿遇到了他，那个地方可能就是他出事的地方，找到那个地方，就有可能找到他的身体把他送回去了。

真聪明，我怎么就没有想到呢！

但是时间过去这么久了，我早就忘了几个月前我都去过哪儿了。

有机会还是得试试，找到了我就是救人一命，造了七级浮屠呢！

我看他最近状态真的不太好，觉得他可能等不了了，这两天刚好放假我得抓紧点。

另外，过两天我们还有班级活动，一起去看望见义勇为的校草同学。

这位同学还昏迷着，听同桌说好像他最近情况有点不好。

说起这位校草同学，我又听了N个女生添油加醋地说了他的事迹。

啧，真是勇气与智慧并重，爱心与责任同行，美貌……美貌得天独厚！

一个真正的勇士！

这个勇士救了一个即将遭遇车祸的小孩，却不小心把头磕在了马路牙子上，于是深度昏迷了。

我敬佩他是条汉子！

他都昏了一个学期了还没醒，再不醒都赶不上高考了，我也真诚地为他祈祷，祈祷他快点好起来，能赶紧来学校上学让我瞻仰一下他的容姿。

不说了，我要带着我的脑电波出去压马路了，最近天气真的好冷，大家要注意保暖多穿几件衣服。

也不知道我的脑电波会不会受西伯利亚寒流影响而感冒。

2月23日第七次更新答案

我现在跟着大部队在去医院的路上。

最近都没有好好睡，现在的我好累，还没查清他是谁。

这两天我带着我的小脑电波，我俩走了不知道多久多远的距离。

他飘着，应该不累。

我现在的感觉就是，眼前的黑不是黑，身上的腿不是腿。

我的腿失去了知觉，仿佛被人截肢，但我仍身残志坚地坐在车上，前往医院去看同学。

我真佩服我自己。

车摇得我头昏脑涨，打字的手都在微微颤抖。

到医院了，唉，我终于可以下车呼吸一下新鲜空气了。他们去买果篮鲜花去了，我要不要也买点什么东西来表达一下我对校草同学的敬仰之情?

最后我买了一个小果篮提着。

第一校草同学住 16 层的单间病房，现在他床边围了一堆人正殷切地要把他从昏迷状态中呼唤过来。

我坐在门外的小凳子上放松我的腿，看着床边的一堆人。

我要是第一校草同学，肯定被他们吵醒过来了，这叽叽喳喳的，也太烦了吧。

同桌叫我过去也呼唤一下第一校草同学，我要过去了。

妈呀！苍天啊，大地啊，我的仙女姐姐啊！

这校草同学怎么和我家的那个阿飘长得一模一样啊？！

我惊了！

这是什么狗血剧情的展开啊？！

我不会是什么灵异言情文的女主角吧？！

我现在有点懵。

我得缓缓。

校草同学和好学灵魂同志长得一模一样，我算是明白了，校草同学见义勇为之后昏迷了，然后灵魂出窍，再然后碰到了倒霉的我，最后就跟我回家了。

故事的顺序就是这样。

接下来我应该把脑电波同志带到医院来，然后他就能醒来了吧。

应该是这样。

2月24日第八次更新答案

同志们！

我已经把阿飘同志带到医院了，他也重新躺进他的身体了，但是他还是没有清醒，这是什么原因啊？！

一般灵异言情文这个阶段不都已经 happy ending 了吗？到我这怎么就不按套路出牌了？！

我现在有点慌，不会是我哪个环节做错了吧？是不是还得念什么菠萝菠萝蜜，或者巴啦啦能量，古娜拉黑暗之神之类的咒语？

有没有懂行的朋友？

急！在线等！

好了，他醒过来了。

具体的情况我简单描述一下啊。

校草同学悠悠转醒，然后眨了眨眼睛，迷茫地看我，问："同学，你是谁？"

我回答："雁过留声，但我做好事不留名，你要真问我是谁，不如就叫我雷锋。"

然后他的表情很奇怪，好像又要晕过去了。

3 月 12 日第九次更新

校草同学回来上课了，并且在月考和一模中勇夺全年级第一。

贼厉害。

我考了年级前 30。

数学卷子的求导题，他给我讲过。

数学题嘛，不过是变形来变形去换个数值罢了，物理同理。当我掌握了做题技巧和思路，做啥题不都是手到擒来不在话下。

这样说显得我在吹嘘，但事实如此，我已经打通了学习的任督二脉，从此以后爱上数学、爱上物理、爱上求导。

至于校草同学，智商奇高还认认真真、勤勤恳恳、踏踏实实地学习，在他的带领下我们班的平均分都提高了两个点。班主任的鱼尾纹笑得都多了两条。

而且他可能认出了医院时的我，每次看我的表情都很是奇怪，我的形象已经破灭得连渣渣都不剩了。

我恨！

以后这个回答不更新了啊，等高考以后再说，我现在还是个学生嘛，得好好学习认真求导了，争取高考再创辉煌！再攀高峰！

各位！为我加油吧！

6月8日第十次更新

我终于考完了！

不瞒大家说，我和校草同学一个考场，同时出来的。进考场的时候他还给我说加油。

于是我就好像开了加成 buff，答题答得可好了，至于能考多少分，嘿嘿，过半个月就知道了。

咦？前面围了一堆人，我去看看热闹。

啊！校草同学又双叒叕晕了！

我现在在医院，至于我为什么在医院，原因就不必多说了吧。

校草同学还昏着呢，这次我心里有一点点慌张。

他父母好像都跟着医生出去了，我就进去看他一眼，万一校草同学晕了，好学灵魂同志又出来了呢？我是进去看看情况。

校草同学昏过去的样子好像睡美人啊，他睫毛也太长了吧！羡慕！

评论里那个说睡美人要亲才能醒的 ID，我记住你了！

这个时候别开玩笑了，人家还昏迷着呢！你们都在干吗？！

救救孩子！

哇！你们怎么都附和那个评论让我亲他试试？

我不敢。

我是偷偷来医院的，万一被人看到了说不定直接把我送到楼下精神科。

求求你们正常一点，给我一个正常的建议吧！

行行行。

你们都厉害，要是我亲了他还不醒，我就顺着评论点赞 ID 挨个举报封你们的号！

我亲了啊？！

我真的要亲了！

我亲了。

他还没醒。

有人说我亲的是脸，不算数，废话，谁一上来就怼嘴？！人家一个黄花大闺女，还是初吻，怎么可能这么轻易就没了。

好吧好吧，亲嘴亲嘴，我试，行了吧？

我亲了，这次亲的是嘴。

我的妈！他真的醒了！

9月7日第十一次更新答案

我上大学了。

我高考考得可好啦，他也考得好！

他和我在一个学校哟。

而且他现在是我男朋友啦！

至于他怎么成为我男朋友的，等我啥时候转行写小说了，写成故事告诉你们吧。开心！

END

12/36 • AEC

恐男症

PEOPLE IN LOVE

文 / 公子小白

一个外表比内心白的人。微博 @ 公子小白 - 战斗鸡排。

01

霜双有恐男症。

究其原因，可能是她从小单亲家庭，老妈作威作福气焰滔天，家中男子气概实在稀薄。又有位不成器的舅舅，年近四十还和女大学生谈恋爱，平均三个月搞一次对象，还要和她交流泡妞心得。

身边缺乏像样的男性长辈，导致她一看见男人就心生抵触，更别提搭讪谈恋爱这些高端操作。她眼中的男人，委实非我族类，不是能交流沟通的对象。

闺蜜肖晓知道她这毛病。这天前脚刚迈进画室，肖晓就叫起来："欸欸，今天画男模啊，你小心别晕过去！”

“什么男模？”

“素描课模特啊，你看，椅子都摆好了。”肖晓从比整个人还大的画板后钻出来，走到教室中央拍拍刑具般的高脚椅，“我听学姐说了，我们班分到的是鲜肉中的鲜肉，男人中的男人，身材那就跟台风天的海面般波澜壮阔。”

霜双心惊肉跳。她默默走到自己的画板前，捋起襦裙的袖子，伸出两截藕似的细手臂，把画板吃力地推到画室的最角落。

“切，瞧你那没出息的样。”肖晓鄙夷地弹了个响舌，“有豆腐不吃必遭天谴！”

“祝您用餐愉快。”霜双摇摇手，就着垃圾桶削铅笔。

两个女孩都是美院大一新生，相遇却是个美丽的错误。本来，霜双从小学画，画一手缥缈升仙的簪花仕女图，作品还被选入邮票列印，在本地小有名气。她报考美院，专业成绩名列前茅，奈何系统录入时出了差错，好好的国画系变成了油画系，她性格温和，也不知道怎么闹事。

一拖再拖，成了油画系的新生。系主任拍着能跑马的胸脯承诺，完成上半年课程就把她调回国画院，学分互抵，补偿全年奖学金，啥都不耽误。

答应得很爽快，上课的时候就痛苦了。

霜双手劲颇大，把黑黢黢的铅笔头削飞出去一截。

男模很快入场。隔着一片柏林墙似的大画板，霜双只能看见一双大码脚，阿迪限量款篮球鞋。

真没品位。

系主任对男模颇为赏识，亲自带他到教室中央介绍："之前的模特临时有事来不了，这位是我从隔壁音大请来的高才生，答应做一个月模特，你们好好画，珍惜这个机会。"

全班女生皆心领神会，发出一众饱含深意的答应声。

"霜双，可帅了，你不坐过来？"肖晓从缝隙中挣扎出来，朝她招手。

"不去不去，我这儿凉快。"

很快，众人的交谈便淹没在铅笔的沙沙声中，细雨芭蕉一般，听得人心里舒坦。这所美院的实力位列全国第三，能考上的大多是未飞升的半仙，老师不用怎么管，大家自己修炼就行。

霜双将一对大袖子折好，提起笔，在脑袋中构思着男人的形象。脑补半天，不是顾恺之的《谢安像》，就是吴道子的《送子天王图》，和阿迪篮球鞋凑不到一块儿去。

她缩着脖子，顶着空空的脑袋画了半小时。

“霜双，你坐这儿看得见吗？”忽然，系主任鬼一般贴着墙飘过来，“你画的什么东西？对空气画呢？赶紧坐到前面去，真会偷懒！”

听见这个名字，稳坐在高脚凳上的男人耳朵一动。

霜双脸蹭一下红到脖子。

她在众人的注视中，推着画板来到肖晓对面。

肖晓冲她做个鬼脸，又拿手指点点凳子上的男模，比口型：可以直接出道啦！

霜双隐忍地翻个白眼，正对着男模后脑勺，啥也看不见。

02

中午吃饭，肖晓一通吐槽：“你这个恐男症是情敌给你下的咒吧，真打算一辈子单身，抱着你什么阮籍、向秀过啊？”

“他们有什么不好，总比流臭汗滚泥巴的男生强吧。”

肖晓的筷尖刚夹起一块鸡胸脯，转手塞进她嘴里：“你对男生究竟有什么误解。”

霜双给噎得半死。

两人的餐桌面向大门，正是食堂人流量最大的位置。这时，肖晓的视线落向霜双身后，忽然双目圆睁，伸出一根手指：“你……”

“我什么？”

“帅哥，帅哥！”肖晓智障一般，“是帅哥！”

霜双还没来得及转头，头上扎的两只包子发髻先被人攥住。那手宽大修长，白皙有力，把她的头发像对老人手中的核桃那样盘了又盘，随即一张脸俯下来，长长的睫毛下一对光彩四溢的眼，把霜双瞬间惨白的面孔仔细打量。

肖晓就见自己的闺蜜，如电影里石化特效般一点点僵住了。

诡异的沉默持续了五秒钟。

“霜双，霜双，你没事吧？”她小声问。

“包子成的精能有什么事？”帅哥斜拉起嘴角，露出一个痞笑，“包子啊包子，看看你盘子里的菜色，还是青菜馅的。”

帅哥还有一帮同伙，都是高高帅帅的男学生，这时候打好饭一排围过来，很有早年偶像剧拍海报的架势。

霜双呼吸一紧，睫毛乱颤，两只眼睛像坏了的信号灯那样闪烁，无不发出同一个信号——救我！救我！

肖晓当即拔桌而起：“我朋友肚子不舒服，我带她先走一步。”

出了食堂，炽热的太阳烤在头顶，霜双猛地一个冷战，后颈都湿了。

她赶紧扶住肖晓手臂，大喘两口气，还后怕地朝食堂里张望。

肖晓怜惜地拍拍她的手背：“我的霜小主，你这真是病啊，这么帅的男生跟你搭讪你都害怕，本宫真为你担心。”

“他怎么在这儿，噢哟吓死我了……”霜双语无伦次地催促，“快走快走，一会儿撒丫子追上来我命就没了。”

肖晓抿抿嘴，同情地把话咽了回去。

下午。

霜双对着男模特的后脑勺，笔落在铅画纸上没动，魂飞天外。

不对啊。

他怎么在这儿?

记忆里他高中是在北方读的，整整三年没回来，他妈妈也说他以后会留在北方上大学，听说录取通知书都拿到手了，朋友圈里一堆人恭贺前程似锦，苟富贵勿相忘。

探亲?度假?

度到美院来了?

课上到一半，大家的稿子都打好了，有人从手腕开始深入，有人从眼睛开始细化，只有霜双纸上细细几道线，分不清是鼻子是脚，过于写意了。

男模很有专业精神，端坐在高脚凳上，四肢都摆在原来的位置没动。规定休息时间到，大家笔都没停，他先小幅度地晃了下脑袋，深呼吸一口气，才说："我有点热。"

前排的虎狼之军早就严阵以待，此时，两个女生同时弯腰掏出包里的水："帅哥休息一会吧，喝口水。"

帅哥："谢谢。"

"我把空调调低一点吧。"

"是不是太挤了？我们一会儿把画板往后推推。"

帅哥神秘一笑："不用。"

他忽然拉下运动衫拉链，两手潇洒地往肩后一甩，随着流畅的衣料摩擦声，大片大好河山毫不私藏地展露在众人面前。天气热，他里面只穿了件白背心，白而薄的衣料绷出壮实的胸膛，漂亮的锁骨，精硕的肩头还有个性感小窝，让人恨不得伸手指上去戳戳。

众人整齐地吞了口口水。

霜双的思绪也在这时被拉回，双眼慢慢聚焦于眼前"半裸"的男人身上。

哎哟，我的妈，非礼勿视。

举起发挥了奇效的水袖，霜双缩着身体往后遁，正巧模特也扭过头，视线走马灯一般在众女脸上晃过，定在正后方举起袖子捂脸的人身上。

"往哪儿跑？"他笑。

声音入耳的瞬间，霜双如遭雷击。

03

恐男症不容易启齿，对于亲近的朋友，霜双如此解释。

好比怕狗。

常人眼中毛茸茸圆溜溜的小家伙，在怕狗的人心里也未必不可爱，但总觉得它脚下生风，跑得飞快，下一秒就会狰狞地露齿扑上来，把你的骨头咬个嘎巴脆。

寻常男人，是恶犬。

这位“男模”龙一，是地狱级别的九头恶犬。

那天下午差点出教学事故，最后还是肖晓挺身而出，将浑身盗汗的霜双架出了画室。

龙一抱着双手，盯着她黄花菜一般的背影，眸色深沉。

“这倒霉素描课还有多久？”

“整一个月，每星期三堂课，就算写生用的模特是轮着来的，你起码还要见他四次。”

“我不去了。”霜双一蒙被子。

旷课第三天，系主任找霜双谈心。

油画院画室很大，走廊很窄，两侧都没窗户，霜双一路走进去，感觉自己是根徐徐插入电烤炉的羊肉串。系主任正在喝茶，眼光扫到她：“坐。”

霜双战战兢兢。

“我听你们班肖晓说了，你有恐男症，但身为一个未来的艺术家，总有些事情要努力去克服，不能因为不喜欢就不做，你听说过哪个厨子因为害怕鸡就不炒菜吗？”系主任一本正经，“世界上就两种人，男人和女人，你不敢看、不敢画男人，就是少了一半的创作素材，作为一个搞艺术的，你是残缺的。”

霜双被这番颇有精神高度的讲话噎了个半死。

“再说了，作为一名年轻模特，你对龙一到底哪里不满意？他样貌、身材、性格哪样可以挑？哪样是不美的？”系主任睁大双眼，像要催眠她一样慢慢靠近，“作为一个画家，你感觉不到美吗？”

系主任不愧是系主任。

霜双走出办公室，两条腿都在肚子下面打转。

04

幸好幸好，下周他们分到了女模特。

一位从卖鱼摊上挖掘出来的农妇，穿一件洗得发灰的蓝衬衫，最简单朴实的阔腿裤，脚上踩一双露趾凉鞋，坐在明亮的画室中央，用乡音询问应该摆什么动作，是艺术界最青睐的模特风格。

可惜众学生觉悟不够，纷纷表示还是上周的美色更让人垂涎。

霜双平安无事地上了几节课，可龙一的脸像烙在脑袋里，一闭眼就在眼皮子底下乱晃，瞅着白纸也能瞅出他嘴角的笑来。肖晓逼问两人关系，逼得没办法了，她才潦草解释："我妈和他妈认识，之前一个单位的。"

"哟哟哟，郎骑竹马来，绕床弄青梅！"

"拉倒。明明是狗咬狗不得安宁！"

"人家毕竟是隔壁音大的高才生，没你讲得那么坏吧？"

霜双差点一口气提不上来："坏，坏极了。"

"对了，下周你生日，我们定个蛋糕拿去 KTV？"

"好啊，你安排。"

"这次生日，黄生肯定还要想法子和你表白，我看你怎么办。"

一想到黄生，霜双就头大。

接下来两堂课，不知道是龙少爷大发慈悲还是她祖坟冒青烟，龙一没再来过这个教室，但有关于他的传闻却不胫而走，越来越邪乎。

有的说他是音大百年一出的奇才，有的说他是校长在佛前苦苦求了几千年才求到的特招生，更夸张的，他高中时还是混混头目，经常和人打架斗殴，右脸太阳穴上有道长长的疤痕。

瞧这人气，直逼国内一线流量爱豆。

霜双走路都低着头，感觉天天和死神的镰刀擦肩而过。

怕，怕极了。

05

生日当天，霜双和同一寝室的姐妹们早早拎了蛋糕，去 KTV 的包房里 high。

"蛋糕不能切完，你切第一刀，剩下的我来切。"肖晓说。

"来姐妹们干一个，要我说，我祝愿霜总在新的一岁里不怕男人，早日脱单。"室友 A 说。

"光不怕不够啊，干脆一步到位，直接、直接……"室友 B 害羞地比了个必须打码的手势。

几个女孩子闹成一团，肖晓是跨界歌王，把最近流行的抖音金曲全部唱了个遍，霜双逐渐有种晕车想吐的感觉。室友 A 专心吃蛋糕，耳朵动了动，忽然说："隔壁唱什么呢？"

凝神细听，是《告白气球》的调子。

校内操场 你穿着裙子

天这么热 你为何不热

我愿为你撑伞

我是黄生 我就是黄生

你是霜双 你就是霜双

我真的喜欢你

……

“歹势！是黄大才子！”肖晓大喊。

包厢里的女生瞬间乱作一团，室友A和B母鸡一样张开双臂把霜双护在中间。霜双摸了摸鼻子：“没那么夸张，对他我倒还好。”

“你谁都怕，就是不怕他，你能再奇怪点吗你？”肖晓吐槽。

这位黄生是美院国画系的学长，长得还算周正，一身风度翩翩的汉代衣冠，下雨天也要穿布鞋，和霜双真有点天生一对的意思。可能是他身上的“奇葩”要素盖过了“男性”要素，霜双真不算怕他，只是有点招架不住他的热情。

“要不咱们走吧，我估计他一会儿要冲过来。”

“没事儿，我去趟厕所，他来了就说我有事先回家了。”

蛋糕是室友出钱买的，霜双先去前台偷偷结掉了包厢钱，才去卫生间洗脸，等待肖晓的通知。KTV隔音一般，她站在镜子前跟着包厢的曲调哼哼，耳朵里忽然钻进一首很爱的歌。

陈奕迅的《好久不见》。

她曾经疯狂迷过陈奕迅一段时间，只觉得粤语歌词特别美，说不清道不明，却含着十分的意境。唱歌的那人嗓音也好，三分沙哑，七分淡泊，像搁了冰的酒，清冽又香醇。

霜双被歌声吸引，靠近声音流出的那扇门。

歌声似曾相识。

刚出卫生间，肩上就搭了一只手。

黄生白得有些吓人的脸鬼一样浮现，轻轻唤了声："霜双。"

霜双倒退一步，尬笑："好巧啊。"

"不巧不巧，我是为你来的，你听见我给你唱的歌了吗？"

"我最近头疼，听力不太好。"

黄生自动脑补女孩子家脸皮薄，心领神会地咳嗽两声，做了一个从胸前掏东西的动作："这个送你，祝你生日快乐。"

霜双望着他空空如也的手："这是什么？"

"我的真心。"

胳膊上的鸡皮疙瘩如同波涛一般炸起。

06

黄生作势要把“真心”塞进对方手中，刚伸出爪子，就被一只大手从半空中截住。

接着，另一只手按上霜双头顶的发髻，以十分熟练的手法揉搓着。

“喊谁双双呢？这么恶心？”龙一扯开一边嘴角，笑容不善。

“你谁啊？”

黄生用力抽手，居然没抽出来。

“以后再想叫她，要叫霜……双……字和字之间拖长一点，别跟叫小名儿似的那么亲热。”

龙一耐心得像在教小朋友，黄生面红耳赤，使出全身力气往后一撤，哒哒哒连退好几步。他颤抖地伸出手：“你……你谁？！”

“垃圾处理中心，专门回收真心。”

从头到尾，霜双都直着脖子站在原地，没有动弹。

“包子？吓露馅了？”

黄生走后，龙一一口灿烂白牙，低下头看她。

霜双猛地挣开他的手，掉头要走。

他握住她的肩膀轻轻松松拉回来，把她牢牢地抵在墙和双臂之间。

霜双感觉自己的胸口在结冰。心跳加快，耳朵里嗡嗡地响，满满一层汗水从掌心炸出来。

龙一浑然不觉，盯着她的双眼："装不认识我，不太厚道吧？"

"你……"

你怎么回来了？

"我报考了好几所大学，有北方的有南方的，后来挑了待遇最好的一所，你不知道？"他垂眸一笑，"亏我还连发了好几条朋友圈。

"咱俩穿开裆裤的时候就一个院子里跑，小时候你抓知了我抱树，你偷零花钱我看门，咱们怎么也不是陌生人的关系，你说你这样对吗？"

霜双听不进他说话，半天挣扎出一句："放开。"

"不放。"

"我不舒服，你放开……"她抬头，正好对上他深不见底的双眼，卷发斜斜地在鬓角打薄，她的视线瞬间锁定发丝下那条狰狞的疤痕。

浅棕色的疤痕，三年前，还是条鲜血淋漓的伤口。

霜双眼前一黑，整个人贴着墙壁滑下去。

霜双醒来时已经躺在了自己床上。

"你做噩梦了。"肖晓说，"梦里叽里咕噜不知道念什么咒，动来动去，一直扭。"

霜双惊魂未定地问："他呢？"

“哦，打车把你送回学校就走了。”肖晓说，“你可吓坏我了，我以为你只是不敢和男生说话，哪知道你能晕倒啊。”

霜双不接话，在床沿坐了会儿，忽然觉得脑袋上有东西。伸手一摸，一截硬邦邦的木头。

筷子？

哦不对，簪子。

半截簪子。

07

室友去食堂吃饭，霜双没胃口，爬起来刷微博。

一条条图片文字在眼前闪过，脑袋里却想着别的事。

他长高了。初中时就像广州塔一样伫立在班级里，没想到上大学还老树逢春又蹿了五厘米。

他低下头时，衣领里飘出的淡淡古龙水味儿，草木香，和张扬跋扈的性格很不相称，骚包得难以言喻。

霜双又有点晕。

她从抽屉里掏出那半根簪子，放在台灯下细细打量。粗的那端刻着三个篆体字——嗣木堂。

嗣木堂？！

她眼珠子转了转，反手打开微博主页，下拉到两个月前自己的一条微博，正巧转发了嗣木堂的抽奖。这家店专门定制古风簪子，做工繁复华丽，生意非常火爆，霜双去问的时候早就没货了。

难道……

望着发簪光秃秃的头部，她忽然有种不好的预感。

下周素描课，龙大人果然现身。

霜双特地挑了一个离他足够远又能画到背影的位置，像鼹鼠一样缩着脑袋。

龙一一切如常，认真履行模特职责，还在大家的热情要求下多摆了几个动作画速写。正当霜双以为今天能平安度过时，画板被人敲了敲，龙一居高临下地说："下周我社团有聚会，记得来。"

"……"

我不去啊！

"你的另一半簪子在我手上。"

"……"

那又怎样？

不知道谁给的自信，留下这句话，他从高脚凳上抓起外套，潇洒地推门而去。

“你去吗？”

“我不去。”

“你去吗？”

“我不去。”

“那你查簪子的价格干吗？”肖晓问。

霜双正翻到嗣木堂的宝贝分类，根据簪身的木质和颜色推测出了簪头的款式——银质凤凰台玲珑九重天细步摇，此店最华丽精致的一款。

价格高达四位数。

“你去吗？”肖晓还在追问。

霜双眼睛紧锁图片，响亮地吞了口口水。

一周后，晚上七点。

音大篮球馆。

“进去吧。”肖晓催促。

“我叫你进去。”

“赶紧进去啊！”

肖晓用一根手指枪一样戳着闺蜜的后心，将她一步步顶了进去。馆里十分热闹，一长列女学生五线谱一样环绕着球场，一阵接一阵地发出有规律的欢呼，地面砰砰震动，球员在球场上穿梭，鞋底擦着胶皮发出刺耳的声音。

比赛正值尾声，计分器上十分接近。

“不好意思让一让，我们找人。”肖晓从女人堆里挤出一条缝，双眼炯炯有神，“我看看龙一在哪儿？”

“你想多了，他不会打篮球。”霜双说，“那位爷一米八五的大个，一身肌肉都是装饰用的，跑步都跑不快。”

“我才不信。”

“真的。”霜双也伸长脖子，“我了解他，骗你是小狗。”

满场半赤膊的强健男性身躯，以各个角度展示着雄性肌肉的美好，肖晓努力抑制着流口水的冲动，忽然说：“快看！”

龙一本就白得晃眼，偏要穿显眼的黑背心，半截浅色运动裤，在场地中闪电般灵活地带球穿梭。

他人高马大，球技也好，比赛还剩下三分钟依旧临危不乱，和队员们熟练地打配合。音大的女生可不一般，嗓门洪亮，大浪般有力的加油呐喊声中，霜双的眼睛追着那颗球，嗓子眼缩在一起。

倒数两分钟。

倒数一分钟。

倒数三十秒。

龙一弯起手臂，小腿发力，忽然以一个漂亮的姿势高高跃起，将篮球以一个舒缓的动作投向篮筐。

众人的心提到嗓子眼，就连霜双也紧张地攥紧拳头，压着裁判的哨声，篮球在篮筐边缘风骚一滚，突破了网兜，直直地砸在地上。

四比三。赢了。

“哎呀！”围观女生们喊。

“噢噢噢噢！”肖晓喊。

切！

霜双心里说。

“他绝对是装的。”

“人家身高能垫，肌肉能练，汗总不是白流的，球总不是白进的吧？”肖晓眯起眼看她，“我发现你对他很有成见啊，怎么就看不得他好呢？”

“谁看不得他好？”

话音方落，霜双脑袋上的“包子”被人揪住。

“来啦？”龙一笑得鼻不是鼻眼不是眼。

或许是吸取了上次的教训，他过了下手瘾就松开了，往后退一步，说：“我找你有事。”

肖晓连忙说："懂了懂了，我回避。"

"不是霜双，我找的是你。"龙一拦住她，"这边走。"

08

"我先说好，我是世界第一好闺蜜，不打引号的那种，朋友之夫不可戏。"肖晓充满防备，"你别想勾引我，我可是美院第一烈女。"

"哎哟。"他眼里笑意更浓，"我都是朋友之'夫'了？"

"泡，泡芙的芙。"

"行了，不逗你了。我问你件事，上次霜双怎么会晕倒？她身体不好？"

"你不知道？"

"知道什么？"

肖晓想了想，还是把恐男症的事情和他说了。

龙一露出十分耐人寻味的表情，双眼牢牢地锁着她，像要辨别她话中真伪。

"真的，霜双一直没办法接受异性，就连拿个快递都是签了字就跑，遇上男老师教课也不发言，不敢和他们交流的。不过我见她晕倒还是第一次。可能单身太久，这个症状越来越明显了吧。"

龙一两道剑眉簇在一块儿，深黑的眸子闪闪发光："看来我做错了。"

"什么？"

他用一只手拉起汗湿的衬衫，湿透的布料描摹出胸肌的轮廓：“你觉得我这身材怎样？”

肖晓响亮地吞口口水：“还，还行。”

“我这脸，这发型，这整体形象气质如何？”

“不，不错。”

“失误，大失误啊。”龙一遗憾地摇晃着脑袋，“我这么富有男性魅力，可不是让她害怕吗？”

霜双孤零零地坐在观众席，双眼瞅着远处两个小点，郁闷。

说什么啊？要那么久？

篮球馆里充满了汗味和刚装修的胶皮味，太“男人”了，让她根本无法平静。又呆坐了会儿，肖晓和龙一还没聊完的迹象，她心慌得厉害，拿起包准备走了。

“哟，你不是那个……那个什么包子？”

忽然，一个穿着篮球背心的男生在她旁边坐下，大敞着两条腿，拉着汗湿的背心前襟透风。

霜双一眼认出是那天食堂的“模特队”队员之一，心拎起来。

“我知道了，你是来看龙一吧？怎么样，帅不帅？他这小子也是贼，最后十分钟才上场，风头都给他抢了。”

就是说！以他的体力，怎么可能撑得过整场篮球赛！

霜双脸上一瞬间由苍白变得激愤，转过来看向男生，目光落在他鬓角的汗上，又倏地缩了回去。

“我走了……”

“别别，我还是第一次接触美术生，你挺有意思的，多聊两句呗？”他一把扣住霜双的手腕，“龙一还没回来呢，你急什么？你这个裙子怪好看的，叫什么？穿得热不热？”

手腕处如同火烧，进而浑身都觉得恶心，霜双一咬牙，鼓起勇气往回抽。

抽不出来。

“你……”

男生忽然变了脸色，连连呼痛。就见龙一沉着脸，山一样站在背后，用对付黄生的手法攥着男生的腕子。

“疼疼疼，你轻点！不就说两句话吗？”

“不许说。”

“她又不是你女朋友，还不给聊天啊。”

龙一猛地一甩手，将男生推出去：“赶紧滚，别在这儿碍眼。”

龙一没挽留两个女生，将她们送出门后，回宿舍“料理”那个男生去了。

霜双和肖晓去奶茶店喝奶茶。奶茶上来后，肖晓从口袋里掏出一只细长的木盒："喏。"

霜双眼睛一亮："嗣木堂！"

"就知道嗣木堂，真没良心。"

霜双充耳不闻，迫不及待地打开盒子，里面躺着的正是"银质凤凰台玲珑九重天细步摇"的前半段。她拿出之前的簪身，将两处合在一起，对着店内的气氛灯来回打量。

"这么喜欢啊？"

"快帮我插上。"她扭过去指指自己的发髻。

"他今天本来想好好耍个帅，顺便把簪子送给你，没想到你美好的肉体不欣赏，偏偏买椟还珠。"

霜双一手捧着头发，对着镜子臭美，听不见肖晓的话。

肖晓感慨："还有很长的路要走啊。"

09

最后一周素描课，系主任请来一位中年男人和一位八十岁的老大爷。

"韩庆子，林悦，付晓梅，中年男人；林琮，肖晓，霜双，老大爷。"

霜双松口气，八十岁的男人算是"老人"，没什么可怕的。其他被分到中年男人组的学生却不乐意，一个说："今天不是龙帅哥来吗？我上次好不容易说服他，让他给我们画上半身裸像。"

此言一出，系主任眼中明显闪过悔痛。她吸了口气，十分遗憾："可惜了，今天是龙一生日，他跟我请假，我总不能不同意吧。"

肖晓的视线投过来，霜双不着痕迹地躲开了。

"他生日！"

"生日怎么了？"

"来而不往非礼也！送你一根三千块的簪子呢，你不表示表示？"

"那……要不我给他妈打钱？"

新晋 CP 粉急坏了："生日这种重要场合错过了要等一整年！"

"反正我不去。"

"不去哪儿？"

忽然，霜双后脑勺一热。龙一压低身体，殷红的嘴唇近在耳畔，热气喷在她耳朵后面。

霜双一抖："啊！"

他暧昧而缓慢地眨眨眼，随后站起，潇洒地甩了甩衣袖。没错，衣袖，今天他穿了一身黑色内衬、外罩灰纱的长衫，更衬得肤白胜雪，面如冠玉，目若朗星。

霜双再怕男人，骨子里也是个女的。

模糊性别的美貌让她忘了呼吸。

龙一面有得色，花蝴蝶一样转了个身，又让教室里的视线飞了好一会儿，才清清嗓子对大家说："今天是我的生日，晚上八点半，我和霜双在音大后的操场办 party，欢迎大家来玩。"

"你等等！"霜双追出走廊。

龙一料到她会来，两条腿一打圈，得意扬扬地停住，一揖到底："小娘子找在下何事？"

"谁要和你办 party？你胡说八道，我跟同学怎么解释？"

"该怎么解释就怎么解释。"

"你别太过分了。"

狭窄的走廊里，龙一的视线逐渐深沉。忽然，他朝前迈开右腿，霜双整个人一缩，眼看就要往后退。

他不理睬，迈出一步，又一步。

两秒钟后，两个人已经脚尖抵着脚尖，胸膛快贴着胸膛。他低下头，喉结微动，声音像是从某只沉重的匣子中发出来的："霜双，我太了解你了，你不是怕男人，你根本不怕男人。"

他嘴角轻扬，挽上一个笑容，随后抬起右手，掀开遮盖着太阳穴的卷发。

“你是怕我。”

失去了头发的遮盖，那道触目惊心的伤口直直地闯入眼底。霜双呼吸骤紧，感觉脑袋迎头挨了根闷棍，敲得她眼前金星乱蹦。

“自从初三那件事后，你处处躲着我，甚至连我出院都没有去，我们父母的公司聚会也不参加，阿姨总说你身体不舒服，什么病能连着三四次？当时我家在市里的房子出了点问题，父母让我回北方老家读高中，我想着一定要见你一面，只要你不愿意，我就是租房子也要留在本地读书。”说着说着，龙一的呼吸急促起来，“可你呢？我在你家楼下站了半宿，给你发了无数条消息，你都看了，就是不回。我站到天色发白，那天下午我就坐火车走了，即使到了北方，你依旧天天躲着我，搞得我像个跟踪狂和神经病。

“霜双，你听好，我从不后悔，救你是我这辈子做过最帅的事。”他一甩衣袖，有点恨铁不成钢地背过手，“可你如果因为这件事躲着我，就太残忍了。”

10

龙一走后，听墙角的肖晓把霜双从地上扶起来。

霜双满头满脸都是冷汗，嘴唇白得发青。

“他也太过分了，你这是病，哪能这么逼？就算感冒也不能一天喝十包板蓝根呀。”

“他说得对。”霜双摇摇头，望着龙一离开的方向。

宿舍里，肖晓终于听全了整个故事。

原来霜双和龙一打小在一个院里长大，青梅竹马，什么坏事都一起干，什么好吃的都一起分享。他们上同一所小学，同一所初中，霜双小时候绘画天分就很高，而龙一不仅歌唱得好听，还很有表演天赋，以后想报考表演学院的高中部，顺水推舟成为一名演员。

霜双小时候性格活泼讨喜，班里有学生恶霸嫉妒，拿她是单亲家庭说事，一直欺负她。龙一总挡在她前面，替她遮风挡雨，偏偏自小身体瘦弱，根本打不过人家小学就蹿到一米六的女霸王。

都是敏感的年纪，再加上龙一总是受伤，霜双便开始刻意疏远他，性格也渐渐沉稳内敛起来。

那件事发生在初三，他们想学绘画和表演，都要参加艺术高中的内部考试。霜双那段时间一直在画室备考，经常深夜十一二点才回家。某天在画室旁边的巷子里，她被一群小混混团团堵住，那些人都是附近辍学的孩子，喜欢找艺术生下手，觉得他们家里有钱。

“所以，龙少爷英雄救美了？”

“那天混混本来只想抢我的钱，结果龙一不知道从哪里冲出来，一群人直接打起来了。”霜双深吸口气，闭上眼睛，“混混带了刀，混乱中划伤了他的脸，等我看清楚时，他整张脸上都是血，伤得非常重。

“医生说，刀口要是再往里一点，他就废了。他太阳穴那里缝了几十针，一直住院输血观察，当然也错过了那年的戏剧学院单招考试。

“他去北方读高中，我和他断了联系，后面的事情你也知道了。”霜双苦笑，“或许他说的对，我就是不能承担害了他的后果，所以才把对他的恐惧转换成对男人的恐惧，这样我就心安理得了。”

肖晓静静听着，半晌，摸了摸她的脑袋。

“真是个狠心的女人啊。”

11

晚上八点半。

龙一坐在操场旁边的观众席上，手里捏着一瓶啤酒，望着操场里的人群出神。

“你那只包子呢？没来？”朋友打趣。

“我是不是太过分了？”龙一喃喃自语，“是不是药下得太猛，把人给治死了？”

“我不了解你那位的心思，不过啊，听哥一句劝，追女孩一定要给足面子，给台阶下，就算人家不占理，咱们也得哄着捧着，不然吃苦的是自己。”

龙一手一紧：“完了，是治死了。”

“那赶紧抢救吧，今天内估计还回得过气来。”

龙一忽然站起，抓起外套向外面走。他的生日 party，许多朋友围上来祝贺，他充耳不闻，心里眼里都是霜双那张惨白的脸。

忽然，他的瞳孔一缩。

就见操场那头，一个穿着汉服、披着外褂的女孩子，手里拿着什么东西，伸着脖子朝人群中张望。

“喏。”

路灯下，操场僻静处，龙一递过来一支啤酒。

霜双两手接过，绿色的啤酒瓶上凝满了冰水珠，顺着指缝滑下来。

“怎么愿意来的？”他眼里都是笑，努力压着双唇，不想显得太得意。

霜双还是紧张，低着头不出声。

“人既然来了，礼物也带了吧？”

“今天是你身份证上的生日，不是你真正的生日，你好意思说。”霜双吸口气，从台阶上抓起那只盒子，递过去，“喏。”

龙一打开盒子，视线一凝。一条皮质手链，样式有些老了，上面穿着几颗黄玉，是他真正生日的月份石。

“这个本来想中考前拿给你，后来出了那件事，耽误了。”

“你特意回家拿的？”

你家住得可远了——龙一美滋滋地想。

霜双耳朵微微发红：“放我那儿也没用。”

那边龙一已经戴上，对着她笑嘻嘻地抬起手腕：“好看吗？我觉得挺好看。”

温暖的橙色光线中，他的眼睛闪闪发光，笑容开朗纯粹，倒显得自己斤斤计较小肚鸡肠。霜双的手指在袖子里收紧，目光落在裙子的薄纱上，说：“对不起。至少，你出院的时候我应该去的。”

龙一不满：“只是出院吗？”

“那……”

龙一蹙起眉尖，责怪地看着她。眼见霜双脸上露出熟悉的内疚，他心里忽然浮现出朋友那套台阶理论。

好吧。

这么多年暗恋都过来了。

管她是要台阶、楼梯还是自动扶梯，只要是她，一并给了吧。

“走。”

他忽然跨过两人之间的空隙，握住她的手。

霜双肩膀一抖，低着头，没有说话。

龙一带着她来到广场中央，大家烧烤喝酒的地方。

大部分人都是音大的同学和朋友，还有少部分目击了下午那场“战斗”的美术生，隔着夜色冲霜双挤眉弄眼。

“这谁啊？女朋友？”朋友起哄。

龙一刚想解释，就感觉掌心的那几根手指紧张地动了动，却没用力挣开。

好吧。

他心里美滋滋的。今年的生日礼物，收到了。

END

12/36 AEC

他眼里有星辰

PEOPLE IN LOVE

文 / 相幼晴

梦想能把脑子里那些稀奇古怪的灵感描绘成一篇篇美好的童话故事。

01

文宁馨高三最后一次班会课那天，终于鼓起勇气小声问身边的同桌沈谌："你想好要考哪里了吗？"

沈谌不假思索回道："C 大。"顿了顿，反问文宁馨，"你呢？"

"我啊……"文宁馨挠头，眼神飘忽不定，"也尽力考 C 大吧。"

教室天花板上的大风扇呼啦啦地吹着，吹起沈谌额前几根碎发。

文宁馨恍惚记得，当自己说完这番话后，沈谌眼里像住了星星，亮闪闪的。

高考放榜那天，沈谌毫无意外被 C 大录取。

可惜文宁馨尽力了也没能上 C 大，连上大学的机会都没有，直接去了专科学校。

文宁馨是内向的女孩，沈谌是腼腆的男孩。

大学后不在同所学校，渐渐没了联系。

直到今天。

文宁馨所在的新月旅游杂志社迎来新的跟拍摄影师。

文宁馨是负责国内景点宣传项目的编辑之一，下期北京旅游板块正好由文宁馨负责。

“这期北京跟拍摄影师我们请来了大师，”主编嗓门洪亮，把带来的大师引出来，“沈谌。”

门口隐约晃过一抹身影，文宁馨敲打键盘的手顿住。

“是那个……”有人疑声，“沈大师？”

“对。”主编郑重其事地介绍道，“著名摄影师，沈谌老师。”

是真的大师，办公室里一阵哇叫。

新月旅游杂志社在国内颇有名气，全国各地开了不少分公司，能请到沈谌，也算情理之中。

盛夏的天，室内空调呼呼响，白衣的沈谌笔直站在那，帅气挺拔，眼眸深邃，视线把在场的人都扫了一圈。

最后目光在文宁馨身上停下来。

文宁馨还是以前的文宁馨，长头发齐刘海，红唇白齿。

只是从前灵动的大眼睛，如今却少了股灵气。

沈谌想到前几天看到的文宁馨微博最新动态上那句话："没有天真与烂漫，只剩琐碎的日子，不是越来越成熟，而是手里写童话的笔被生活没收了。"

办公室里的同事大多很热情，一一和沈谌打招呼，沈谌客气点头，到了和文宁馨面对面时，文宁馨表情千变万化。

沈谌先开的口，眼里含笑："嗨，好久不见。"

文宁馨扯着嘴角，半天才回应："嗨……好久不见。"

02

虽然很多年没联系，但沈谌的名字一直在文宁馨生活里打转。

文宁馨喜欢沈谌的摄影作品，也常听身边同事提起"沈谌大师"的各类消息。

沈谌确实是大师，小小年纪便在摄影圈初露锋芒，沈谌的成名作，文宁馨印象深刻——普罗旺斯断桥上的夕阳落幕景，他精准抓住了夕阳西下时古城建筑的壮美。

文宁馨是摄影爱好者，初学摄像时还是沈谌手把手带入门的。

昔日同桌成了千百万人心目中的摄影界大师，能和大师共事，出发去北京那晚文宁馨激动到难以入眠。

大巴开往八达岭长城的路上，沈谌和文宁馨坐同排，车外是蜿蜒曲折的山路，车内是沈谌低转的声音，他问身边的人："你后来是在北京读书的吗？"

文宁馨眉头微颦着，脸色不是很好，胡乱点头。

"吃颗话梅糖。"沈谌不知从哪变出三颗话梅糖，放在掌心，递到文宁馨跟前，"放松心情。"

文宁馨晕车，尤其晕山路，高中春游去天竺山烧烤时就在沈谌面前晕车呕吐过。

谁都没有忘记那段回忆。

文宁馨伸手拿走两颗话梅糖，拆开包装纸，含在嘴里，酸酸甜甜。

留了一颗给沈谌。

沈谌拆开包装，包装袋发出窸窸窣窣的轻响，文宁馨侧头看去，沈谌指骨分明的长手在包装纸上舞动。

文宁馨记得从前看过一篇报道：摄影师的手和钢琴师一样，珍贵又充满魔力。

沈谌出名后的每幅作品，都带着让人转不开视线的魔力。

文宁馨含着话梅糖，半晌才纠正方才的错误答案："我在天津读书。"

沈谌把包装纸捏进掌心里，笑着道："不晕了？"

文宁馨干笑："……好多了。"

文宁馨大专是在天津读的，放假时常跑到北京来玩。

北京建筑风格偏古典，杂志社报道北京的期刊先前也有不少，这次主要拍摄的是八达岭长城。

从市区到长城花了两个小时，下车前不论男性女性都做足了防晒工作。

文宁馨把包里的护手霜和防晒霜递给沈谌："你也涂点儿吧，下去后不知道要捣鼓多久才能好。"

拍摄这种事，说不准时间的，何况不只拍摄，还要采风收集灵感。

沈谌没有推辞，接过来，道了声谢。

团队陆续登上长城。

同事小琴和小周负责踩点选景。

台阶忽高忽低，文宁馨小心翼翼地攀爬前进，掉在大部队后头。

沈谌背着相机，不紧不慢地跟在文宁馨身后几步远。

山势远望起伏连绵，近看山岭陡峭。

长城盘旋在山梁上，像腾飞的龙，站在长城上眺望，一层接一层的台阶，攀登的游客络绎不绝，蓝天之下，烽火台傲然挺立。

从白天拍摄到日落。

大伙赶在太阳下山前回了市区，文宁馨本打算和大伙回酒店洗漱吃外卖，沈谌却叫住文宁馨，问她："晚上一起吃火锅？"

文宁馨摇头，妆都花了还全身臭汗，哪好意思和沈大师吃饭。

但拒绝的话还没出口，旁边同事戳了戳文宁馨后腰："去呗，老同学难得见面，东直门那边奇门涮肉坊的铜锅不错。"

团队成员多少知道文宁馨和沈谌的同学关系，沈谌做出了邀请，文宁馨犹豫半晌，才收回拒绝的话。

打车直达涮肉坊，他们到得早，店里没多少人。

点菜时沈谌点了几盘文宁馨爱吃的肉，文宁馨看了菜单好几遍，轻叹："这么多年了你居然记得我喜欢吃什么啊，你记性还是那么好。"

"所以以前电视广告说，多吃核桃补脑，不是骗人的。"沈谌笑道，露出整齐的白牙。

文宁馨看了看沈谌。

火锅热气上升，白烟滚滚。

他们又聊了许多过往，像又回到了年少时光。

离开涮肉坊时夜幕早已降临，霓虹灯下的北京大街小巷，来往的尽是热情好客的北京人。

沈谌把方才拍的火锅照传到文宁馨手机上："你今天的微博有可以更新的素材了。"

他稍低头便能看到文宁馨手机屏幕上点开的图片——一张火锅美食照，一张长城远眺风景照。

沈谌字正腔圆地说道："美食和风景，可以抵抗全世界所有的悲伤和迷惘，写童话的那支笔，没那么容易被没收。"

文宁馨保存照片的动作顿住，抬头，对上沈谌的深邃双眸。

文宁馨欲言又止："你……"

"不早了。"沈谌打断她的话，"回去吧。"

文宁馨眨了眨眼。

沈谌并没再继续微博的话题，招手拦了的士，带着愣住的文宁馨上车，没让文宁馨追问下去。

当夜，文宁馨按沈谌说的话，在工作用的微博里发表动态，配图正是沈谌拍摄的照片。

照片取光和角度得到了网友一致好评。

同事也转发了文宁馨的动态，顺便圈出摄影师“沈谌”的微博，为下期北京长城刊目做宣传。

日常点赞的微博 ID 里有个叫 sc107 的网友，每天固定点赞文宁馨的微博，热门评论抢得比谁都快，有人甚至调侃这位网友是住在微博上的。

文宁馨今日来了兴趣，又想到某个人，鬼使神差点开 sc107 的主页。

毫无意外，是沈谌的微博小号。

沈谌 107。

高中时沈谌学号是 107，文宁馨是 701。

文宁馨也有个微博小号，ID 叫：wnx701。

那里，是文宁馨的秘密花园。

文宁馨的日常都在小号微博里，今日的日常分享也不落下。

@wnx701：北京的冬天白雪皑皑，春天姹紫嫣红，秋天枫叶满园，再美的三季风景，也不及炎炎夏日里，和暗恋的人在北京胡同里，一起吃火锅。

文宁馨暗恋沈谌，很久了。

@wnx701：暗恋这种事，就像下了场暴雨，她故意站在他门口，几度想要敲开他紧闭的门，问是否可以暂时借避，可是又不敢，只好一直站在雨里。

03

在北京待了一周，从北京回到A市后，文宁馨重新把沈谌的摄影作品观赏了一遍。

阿拉斯加水面跃出的鳕鱼，大洋彼岸拂过费城的海鸥，广州闪烁五彩光芒的电视塔，香港充满欢声笑语的迪士尼，绚烂极光映照下的芬兰小镇……

全都是对生活的热爱和向往。

北京长城主题的期刊接在香格里拉主题的期刊后，文宁馨团队加班加点完成后期内容的整理工作。

沈谌把跟拍的照片整理完发给主编后就没再来过办公室。

文宁馨忙着赶稿，没多细想。

几日后，沈谌打电话约文宁馨下班出来看电影。

电影选的是一部美国片，讲述一位职场新人如何通过自己的努力实现自己最初梦想的故事。

120分钟的电影，结束后，沈谌对电影有一番感悟："你用什么心态对待人生，人生也会用同样的方式对待你。"

文宁馨咬着奶茶吸管，含糊着点头。

两人搭乘扶梯下楼时，沈谌突然换了个话题，扭头对文宁馨说："你并不喜欢你现在的工作。"

是肯定语气。

文宁馨站在沈谌左边，比沈谌矮了个头，文宁馨要抬起头才能和沈谌对视，文宁馨问："怎么说？"

"直觉。"

"你的直觉和女人第六感有得一拼。"文宁馨笑笑，才正经道，"我读的是幼教，但当年没考过教师资格证。"说起这事文宁馨都觉得丢脸，同届毕业生里，就她没考过证书，"比起做文案编辑，我更想成为一名幼教。"

培养祖国花朵，偶尔能弹弹琴唱唱歌，带着天真无邪的孩子们做游戏。

文宁馨不喜欢全国各地奔跑的工作，还要负责各种后期调整，琐碎而又无味。

何况文宁馨还有晕车的毛病。

“证书每年都能考。”沈谌声音低沉，“你为什么会被一次的失败打倒？”

文宁馨看着沈谌，静了几秒。

出影城后，两人沿路漫步，最后往小吃街走去。A市也算是国内有名的旅游景点，旅游攻略上推荐的很多小吃店门口都排着长队，游客多，小吃的香味在空中溢开。

沈谌知道文宁馨读书时就嘴馋爱吃零食甜品，便对她说：“难得来一次，也不赶时间。”又指着路边的长椅，“你去排队吧，我在旁边等你。”

文宁馨问他：“你想吃什么？我买给你。”

沈谌眸色微沉：“都行，你买的我都吃。”

文宁馨又顿了几秒。

沈谌坐在长椅上等待，文宁馨排在队伍后面，时不时回头去看长椅的方向。

沈谌一身休闲灰白运动服，安静地坐在那，与周围的喧闹格格不入。

暮色渐起，夏日的热气正在消散。

文宁馨买了些零嘴小吃，还有两块木糠蛋糕。

两人往空旷的地方走，最后坐在中央公园的石椅上。

文宁馨把蛋糕分享给沈谌，木糠蛋糕入口软绵细腻，不会太甜——文宁馨记得沈谌不喜欢吃太甜的食物。

两人都不说话，安静地吃着手里的甜点，看着华灯初上，家家户户亮起了灯，宛若浩瀚星河。

A 市的白天和黑夜是截然不同的，白天喧嚣的城市，转眼就变为安静祥和、灯光璀璨的黑夜城市。

夜风扑在脸上，文宁馨边吃边偷看身边的沈谌。

沈谌用小勺子舀下蛋糕一角，放进嘴里，明明只是一个简单的动作，文宁馨却觉得迷人。

那晚文宁馨小号微博上更新了动态：如果时间能储存，一定要留住夕阳下的那份美好。

04

七月底，北京长城主题的期刊发行，陆续收到各界众多好评，销量也比以往期刊多了两三倍。

主编笑得合不拢嘴，直夸多亏了沈谌大师的粉丝影响力。

领导说要好好感谢沈谌，买了礼盒，给沈谌工作室打过几次电话，对方婉拒了领导的好意。

办公室里同事提议让文宁馨代表大家去送礼物，文宁馨是沈谌高中同学，文宁馨一定有办法联系到沈谌。

文宁馨敲打键盘的手停下，抬起头，周围同事集体投来认可的目光。

文宁馨还真有办法联系到沈谌。

上次看完电影后，沈谌给了文宁馨私人电话号码，没想到第一次拨打是用在这种事上。

文宁馨提着一箱台湾莲雾到沈谌在 A 市的临时工作室，在前台小姐的指引下上了三楼，站在沈谌办公室门口。

沈谌开门，里头冷气扑出来，打在文宁馨身上，文宁馨顿感凉快。

沈谌咧开嘴，眼里含笑："你来了。"

文宁馨似乎看到沈谌眼里闪着的光芒。

记忆恍惚回到几年前，蝉鸣盛夏，教室里没有空调，文宁馨背后黏着细汗。沈谌作为插班生，他的出现，仿佛是夏日里的一股凉风。

沈谌是引人注目的，走到哪里都是焦点，仿佛他浑身是光，周围的颜色是暗淡的，只有他是明亮的。

文宁馨第一次见到他时，她眼里也泛起了光芒。

后来才知道，那是心动的光芒。

文宁馨今日是代表公司来的，把礼物送上，客套一番。看到沈谌办公桌上堆积的文件和照片，知道沈谌忙，文宁馨不好耽搁人家的时间，起身告辞。

沈谌跟着起身："我送你回去吧。"

"不用了。"文宁馨拒绝，"你先忙工作，有空我们再约。"

沈谌确实在赶工，手里忙不完的事，也不和文宁馨客气，把文宁馨送到楼下大门口，看着文宁馨离去，背影消失在视野里后，才折回去工作。

文宁馨没走多远就下起了暴雨，天气预报播报近期有台风过境，A市夏日台风多，天气骤变是寻常事。

劈里啪啦的雨点坠落下来，文宁馨手忙脚乱，拦不到的士，找不着避雨地，只好原路返回，狼狈站在沈谌门口，等他开门。

沈谌被文宁馨狼狈的模样怔愣住，马上拿毛巾和热水过来，关掉室内空调，以免文宁馨受凉感冒。

沈谌办公室没有干净衣物，等文宁馨平复了心情，拿起雨伞和车钥匙，沈谌开车送文宁馨回宿舍。

文宁馨除了一再感谢沈谌的好意，其他的情绪，不好说出口来。

把文宁馨安全送到宿舍沈谌才开车回去继续工作，文宁馨趴在阳台上，看着小区楼下沈谌的车离去，不禁怅然。

思绪万千，也只能在小号微博里倾诉。

@wnx701：和暗恋对象互动这种事，也像下了场暴雨，她站在他门口。他打开了门，邀请她进去。

直到晚上。

文宁馨才收到沈谌发来的短信：

“你还记得高中时你让我帮你申请微博账号这件事吗？”

文宁馨顿了下，脑海里闪过的第一念头是自己的小号微博。

莫不是……

沈谌给出肯定答案：“wnx701，你想的土味 ID 名。”

文宁馨当头一热：“……不是，你？”

沈谌：“嗯。”

这么多年，文宁馨自以为两人的联系断了，散了。

可实际是，沈谌从未放开牵着两人关系的线。

文宁馨脑袋轰轰地响。

“我明天要飞加拿大拍摄，等我回来。”

手机消息跳出提示，先前文宁馨更新的微博动态里，sc107 用户有了回复：时间是不能储存的，但是摄影照片是可以保留的。

文宁馨这才肯定，沈谌说的都是真的。

05

沈谌说要去加拿大也是真的。

沈谌工作繁忙，隔天便飞加拿大，连着没日没夜工作八九天。

能成为圈内著名的大师，不是一蹴而就。

两人关系尚未确定，沈谌每日固定发信息道早安晚安，文宁馨看着消息，没回复。

昔日同桌成了摄影界大师，大师是暗恋多年的同桌，暗恋的同桌先告白了……

搁谁身上都叫人一时无法接受。

沈谌回国前天，发了航班给文宁馨，文宁馨依旧没回复——不知道要怎么回复，揣摩不出沈谌是否有要让她去接机的意思。

沈谌还从加拿大快递了一箱零食给文宁馨，似是要用这种方式安抚文宁馨。

文宁馨其实也有自己平复心情的方式：去书店买了一堆教师资格证备考用书。

老式小区没有电梯，文宁馨提着大袋书籍踉跄上楼，身后脚步声渐近，有只胳膊伸了过来，猝不及防地接走文宁馨手里的东西。

文宁馨回头，沈谌站在身后，提着书袋，白衣黑裤，熟悉的深邃黑眸。

“宁馨，我回来了。”沈谌声音微微沙哑，直坠文宁馨心坎上。

带沈谌回宿舍，文宁馨烧水，沈谌四处观望，视线被柜子上摆着的一排照片吸引住了。

走近细看，有张高中毕业照。

文宁馨把盛好水的杯子递给沈谌，顺着沈谌的视线看去，笑：“我记得拍合照时你们男生站最上排，你还差点从上面摔下来。”

沈谌唇角上扬：“差点就当众出丑了。”

两人四目相望。

那时年少，他是腼腆的男孩，她是害羞的女孩。

毕业照旁边有张风景照。

一张夕阳下红砖外墙的教学楼照，红色的砖瓦与橙红的夕阳，仿佛是融合在一起的风景。

“这是你当初教我用相机后我拍的第一张照片。”文宁馨主动介绍，顺手拿出柜子里的相册，翻开几页给沈谌看，“这些是后来大学时拍的。”

文宁馨展示的几张照片拍摄角度和技巧都不错，沈谌粗略翻阅，给出表扬：“不错，”还有调侃，“深得我真传。”

文宁馨笑着推了下沈谌胳膊。

沈大师合上相册，放回柜子里：“现在还玩摄影吗？”

“大学时还会玩，工作后就没时间了。”文宁馨摇头，有些惋惜，“都生疏了。”

“等你以后有时间，”沈谌把水杯里的水一饮而尽，“我手把手重新教你。”

沈谌把杯子放在桌上。

文宁馨跟在沈谌后头，沈谌回身，文宁馨仰头看着他。

他说这番话时，眼里的光芒从未退却。

像漆黑夜幕里的星辰，是在黑夜中指引迷失方向的人寻找出路的光芒。

沈谌要带文宁馨去找回那支被生活没收的、抒写童话的笔。

文宁馨心弦撩动，却又顾虑："可是你工作那么忙，而且你……"

……你是喜欢我的吧？

"只要我想。"沈谌回应。

文宁馨张了张嘴，还想说什么，沈谌低头，沾着湿润水汽的唇下来，印在文宁馨半启的双唇上，吞没文宁馨还未开口的忧虑。

沈谌掌臂有力，把文宁馨圈进怀中。

文宁馨的长发，红唇白齿，灵动的大眼睛。

全是沈谌记忆里的模样。

迷离间，文宁馨听着沈谌在她耳畔道："文宁馨，我喜欢你很久了。"

声音温和迷人，如微风拂叶，如指绕青丝。

06

告白后的第二日，沈谌便带文宁馨回了 C 市，回到高中校园。

去他们从前的教室，走他们从前走过的绿荫小道，还有红白相间的塑胶跑道。

想起过往，沈谌笑文宁馨："女子八百米考试，你永远倒数第一。"

文宁馨不甘示弱："跳绳考试，你也永远倒数第一。"

远处绿荫草坪上有群嬉戏的学生，篮球场里有嘭嘭的打球声，蓝白相间的校服，是青春的气息。

沈谌带了相机，在校园里走走停停，文宁馨今日是沈谌的模特。每一处留有他们记忆的角落，沈谌都用相机记录下来。

就像沈谌之前说的，时间留不住，但照片可以留下回忆。他想把关于文宁馨的点点滴滴，通通记录下来。

沈谌说等文宁馨有空了，还要带她去C大——那个他们曾经约定要一起上的大学走走，带文宁馨去他待过四年的城市。

文宁馨允诺。

北京期刊后续工作收尾结束，文宁馨便打了辞职报告。

教师资格考试在十月初，文宁馨彻底结束杂志社的工作后便全身心投入复习中去。

沈谌在筹备自己的摄影专辑，九月又飞维也纳拍摄。

答应文宁馨的事沈谌并没忘记，只要一有时间便会带文宁馨出门，去C大校园漫步，背着相机，教文宁馨摄影技巧。

有时两人会带些零嘴小吃，还有两块木糠蛋糕，坐在中心公园石椅上，看黄昏，看日落。

遇上下暴雨的天气，再也不用试探性地站在雨里，站在对方门前等待。

沈谌偶尔会把 wnx701 微博账号里的内容拿出来细读，文宁馨也会翻阅 sc107 账号里的内容，才发现沈谌同样在记录对她的思念。

文宁馨对此存有疑惑：“如果主编当初没找你来当我们期刊的跟拍摄影师，我们是不是不会相见？”

沈谌不假思索，把真话告诉文宁馨：“不是你们主编找我，是我找你们主编。”

文宁馨从未在小号微博里透露半点关于自己工作的事，直到某次文宁馨更新微博时，定位了当前位置。

时隔多年，沈谌才终于找到文宁馨。

想想也是，即便当初杂志社再有名气，也不是说随随便便能请得动沈大师来做跟拍的。

但对于沈谌这些解释，文宁馨很不满意：“那你为什么不早点私信我啊，微博私信啊！”

“我怕被你拒之门外。”

文宁馨看着沈谌，沈谌双眸永远点缀着星辰。

“不怕。”扑进沈谌怀里，文宁馨拍着沈谌后背，“下暴雨我就算不给你开门，也会给你送伞。”

沈谌哭笑不得，他都还未质问文宁馨为何不在他出名后过来寻找他。

但沈谌不会去质问。

沈谌知道，因为她也害怕被拒之门外。

十一月，A 市迎来初雪。

文宁馨收到 A 市第二幼儿园的通知时，也收到了来自杂志社昔日同事们的祝福和追问："宁馨，恭喜找到真爱！所以你和沈大师是什么时候在一起的？求八卦！"

文宁馨困惑，点开沈谌微信询问，再点开沈谌微博。

原是沈谌在微博上公布了恋情，直冲热搜榜。

是在长城上的照片，沈谌不知什么时候偷拍的。

那日，文宁馨穿着白色衬衫，浅蓝色牛仔裤，双肩包，长黑的头发束在脑后，背影阳光俏皮。

是所有人初恋的味道。

沈谌把他们的关系昭告天下。

@沈谌 V：我遇到一个女孩，是我梦中的女孩，是我那段青葱岁月里的女孩。我需要她。

END

12/36 • AEC

圣诞快乐 劳伦斯先生

PEOPLE IN LOVE

文 / 叶小辛

一个写小言的人。I prostitute my talent.

01

静候空管塔台发出指令时，他忍不住猜，身后机舱里的乘客都是些什么人。他们在平安夜清晨飞往巴黎，是要赴一场浪漫的约会，抑或只是延续无味的日常。

但对他来说，这不过是一趟普通的旅程。

从澳洲飞院的学员到现在“三道杠”，眼看荣升机长在即，他对飞行的新鲜感却早被消磨殆尽。刚开始，他特别以自己的职业为荣。但渐渐地，随着互联网春风吹得遍地黄金，当年羡慕他多金自由的中学同学，早已通过互联网掘到更多金子。同学聚会时大家都喊累喊辛苦，但嘴边挂着“医疗云”“资本密度”等话题时，都有种奇怪的意气风发。

至于他？

对于飞行，他不像有些同僚那么热爱，自己只是将其视为一份工作。金钱虽然足够，但他也渴望更多，只是做这一行，跳槽到其他公司的阻力巨大，最后他还是放弃了这个念头。

转行他不是没想过，但是还有哪份工作比这更能满足男人的虚荣感呢？女孩子听到他是飞行员，眼睛很快会亮起来，他知道她们看重的不是钱，而是他工作的特殊性。

起飞爬升后，飞机进入巡航阶段，他跟两位机长聊天。一个机长比较沉默，心事重重。另一个机长说起妻子的唠叨和儿子在美国念书的事，总是那些细碎的快乐烦恼。

此时，驾驶舱收到一条来自地面运控中心的消息。信息通过 ACARS（地空通信系统）上传。这是运控中心向空中飞行员传送航路天气、目的地机场天气、航路特殊状况等临时通告的方式。

他看着外面的蓝天，心想，会是哪里航路天气不对劲吗？低头一看：

DEAR CAPT AND ALL THE CREW MEMBERS:

MERRY XMAS EVE AND BEST WISHES FOR UR TRIP. THX FOR UR HARD WORK.

PLEASE KEEP PROTECTING OUR BEAUTIFUL SKY.

WE WILL BE WITH YOU AS ALWAYS.

亲爱的机长与所有机组成员：

平安夜快乐，旅途平安。感谢你们的工作。请继续守护这片蓝天。与你常在。

他笑了起来，脑海中想起了那个著名的电影《圣诞快乐劳伦斯先生》。

乘务长端咖啡进来，跟机长们笑着聊了几句。驾驶舱内气氛很好，他在旁边也笑着加入话题，眼睛看着外面的蓝天。心里想着，这么有活力，一定是哪个新人吧。

应该是个女生，他在心里猜测她的模样——长发、白衬衣、蓝色过膝裙；手腕应当十分纤细，拍照时会剪刀手；私下爱看韩剧，有时会抱着枕头哭哭啼啼。

他给想象中的“她”取了个代号，回复了一条消息：圣诞快乐，劳伦斯先生。

02

他在巴黎见了前女友。在伏尔泰地铁站附近，风很大，他把大衣兜帽拉起来，看着从附近居民楼里步出的人。

她不知从哪栋楼步出，向他走来。她将头发剪短了，戴副墨镜，嘴唇红得令人想起饱满的樱桃。

她走到跟前，将脸贴上去，他低头轻吻引得她咯咯笑起来。

平安夜人多。两人在外面闲逛，她说起自己生活苦闷，在这里学时装设计，却自知不可能当上一个设计师。最近开了直播，既苦恼粉丝数增长太慢，又考虑是不是该早日回国——“趁着还年轻。”

她说这话时，正将一块蓝莓小烘饼塞入嘴里：“如果一切能够重来……”

如果能够重来，她会怎么样？她没说下去，只用那双眼睛盯着他。他却想问，之前她不顾一切爱上的那个法国男人，现在到哪儿去了？

她问他要不要上自己那里坐一会，他有点犹豫，谁知道哪个路过的天使敲了他后脑勺一击，他一张口，竟鬼使神差地说自己约了其他组员吃饭，要早点回酒店。她笑了笑，用了然的目光看他，他别过了脸。

这天晚上，机组其他人都在外面过夜，只有他早早回到酒店，开着电视，让房间不至于太安静。不想喝酒，他从水龙头接了杯水，灌到肚子里，开始矫情地回想过去的女友们。他不确定她们是否真的需要他，他又是否真的需要她们。

他飞得太多，双脚已经不习惯地面。

电视开始播电影，是《BJ单身日记》。他觉得似乎看过，但看了十分钟就睡着了，至今不知道这电影讲什么，唯独对片名记得清楚。他忽然想起那个签派员。不知道拥有一份长久在地面仰望蓝天的工作，是什么样的体验。

巴黎回来后，他感冒了一场，到航医那儿开点药，趁机休病假。跨年钟声在窗外响起，他打开电视，竟又见到 BJ 和达西先生在雪地里拥吻。他依稀记得有个前女友，在他家沙发上看这电影，又哭又笑。但他居然想不起是谁。

两周之后，他飞泰国。

他在驾驶位上，透过风挡玻璃看着廊桥上的旅客。提着行李，操北方口音，充满奔赴南方度假地的喜悦。他真想跟其中哪个人对调身份，体验空间移动所带来的新鲜与愉悦。

航班起飞后，驾驶舱接到消息。

机长皱着眉头念："'WISH U A GOOD TRIP. LAWRENCE.' 这是什么？"

他在旁一怔，扭头跟机长说："那是我朋友。"

03

就这样，他跟劳伦斯开始了秘密游戏。对方似乎已掌握他的规律，知道他什么时候飞。在他飞航班时，地面发来的报文上，偶尔会出现劳伦斯的字眼。偶尔明晃晃地出现，有时藏头掐尾，只有他俩才懂。两人间的小秘密，让他对每次飞行都有点期待。

虽然内心有点迟疑：对方既然知道他的班表，那显然是知道他身份了。

但除此以外，乐趣比不安更多。

有一次，他在天气报文里找到一条暗语：切尔西赢了！

球迷？

他扑哧一笑。

今年恰逢世界杯，跟其他机组一样，他也会通过地空通讯，向地面询问赛事情况。劳伦斯的回复往往带有感情色彩，他很快发现，她是英格兰球迷。英格兰输球那天，她例行公事地给他回复几个数字。如果英格兰赢球，她会加上类似“航路天气跟心情一样不错！祝飞行愉快！”这样的字眼。

英格兰小胜那天，他用报文邀请她，一起出来看球。

她很快回了条：好。

他又用暗语发给她，让她在地面联系自己——她知道自己的名字，知道自己是谁，知道自己的班表，一定也能查到他的联系方式。

他回到地面，却再也没收到她发过来的讯息。没有，即使在天上，也没有再收到。

所有报文都是如此规整，他反复读，在字里行间寻找劳伦斯的密码，却只是徒劳。他发过去暗号，也不再有人回应。

她是休假了？还是已厌倦这游戏？或是英格兰后续无力，伤透了她的心？他静候世界杯过去，等待她再次出现。

他本没将这事太放心上，但当劳伦斯失踪一个月后，他好奇心起，开始查她的真身。

这天下着雨，他从餐馆出来走到车库，手机响起，是那个替他找“劳伦斯”的人。

“我没找到那个人啊。”

他皱了皱眉，找到自己的车，开了车门，钻进去。“不会吧，值国际班的、做航班跟踪的，才一共几个人啊，不难找吧。”除了平安夜，还有其他几次航班信息，他也提供了，找到有交集的人就行。

电话那头说：“大哥，只要是签派员，都可以给你发信息啊。我想打听情况，他们都很谨慎，不肯多说。”

一阵沉默后，他问：“去年平安夜值国际班的人，共有几个？”

对方奇怪了：“你这是要找谁出气呀？哪个签派得罪你了？我见过那几个人，都是上班多年的资深签派了，做事古板谨慎，应该不会……”

他随便打个哈哈，转移话题。

他将车子驶出车库，城市灯影扑面而来把人裹住，他心里腾起很多想法：

是那几个古板谨慎的人当中，出现了人格分裂者？深色制服，在电脑前用手推推眼镜，内心的长发裙装小姑娘却伸出一只手，替他敲下“WE WILL BE WITH YOU AS ALWAYS”这样的话?

还是对方根本来自另一段时空？报文穿透云霄后，产生扭转，递送到自己的航班上?

他现在怪自己看太多电影，对现实缺乏判断力了。

04

她在日记里这么写：“这世上没有两个机场全然一样。人也如此。”

平安夜这天清晨，她偶尔翻到几年前入职时写的这篇日记，念书时写的东西，果真不能回头看。

工作这几年，她唯一写的东西只有影评。宋锡文喜欢看电影，很多电影国内还没上映，他飞国外航线时已经看过。非英语片总看得一头雾水，回国后又拉着她再看一遍，边看边大呼小叫：“啊！原来是这个意思！”

分手后，她自己一个人跑去看电影，最爱看科幻，或是喜剧，动作片也不赖。反正跟文艺小清新绝缘。买大桶爆米花，在嘴里咔嘣咔嘣。有次从电影院出来，远远见到宋锡文将车停在路边，显然在等新女友。她抱着爆米花，站在路边，用女巫似的恶毒眼光盯着他。

宋锡文居然好像察觉了，一会摸摸脖子，一会抓抓头发，浑身不自在的样子，但他怎会想到有人在向他“施咒”呢。

不一会，他等到了女友，那女孩子皮肤很白，手腕纤细，白衬衣蓝色过膝裙，俯下身朝他微笑时，长发垂在脸旁。

她狠狠捏了一把爆米花，塞到嘴里：哼，男人，果然就喜欢这种类型！

她提着大包小包回到出租屋，跟室友兼同事匆匆打了个招呼，就一头钻到房间去。室友跑进来一看，她边看着美妆直播，边把刚买的化妆品逐一开封。

室友将脸贴在她房门上，笑嘻嘻：“怎么，终于想起来自己是女人了？”

她从床上捡起一个 bra，头也不回，扔到室友脸上：“对，下次进女士房间请敲门！”

圣诞节越来越近，街上的虐狗气氛渐浓。室友一般有时间都待在男朋友家，屋里基本只剩她。

纵是鲁莽如她，也失去了一个人去电影院的勇气。她向部门值班经理主动请缨，说有谁要休平安夜、圣诞节、元旦连假的话，可以跟她调班。

朋友们知道她在航空公司工作，第一个问题是“机票找你可以打折吗？”，第二个问题是“你有空姐联系方式吗？”，得到全部 NO 的答案后，一阵沉默。

最后有人打破沉默，问她是不是每天都会到处飞。

她说：“飞什么飞，我是地面签派啊。”

“就是柜面值机吗？”

“值什么值，是签派。”

“售票吗？”

“售……是——签——派——”

后来跟宋锡文在一起了，再遇上需要解释自己工作又说不清楚的情况，宋锡文会替她解释：“我们每架飞机在天上飞，地面都有签派员跟着。”

朋友们恍然大悟：“所以你工作的内容，就是跟踪你男朋友的航班？”

她跟宋锡文都笑。

但这个平安夜，她笑不出来，心里空得可以装下一棵圣诞树。叶子伸出来，能扎进你心里去那种。握着咖啡杯，盯着满满一屏的航图、航路天气，她决定做点什么。

二十分钟后，公司二十五个国际航班在空中，收到了由她发出的圣诞信息。

几分钟后，她陆续收到了机组发回给她的电报。大部分人说谢谢，或祝她圣诞快乐，有人说“爱你”，还有人想办法，用大写字母拼凑组成一颗圣诞树。

她看着这些信息，心里报复性地想：哼，宋锡文，不是所有飞行员都像你一样混蛋！

电脑屏幕弹出信息，显示俄罗斯区域有火山灰需要注意。她放下杯子，又投入到工作中去。忙碌过后，伸了个懒腰，她才注意到有一条机组回复——

圣诞快乐，劳伦斯先生。

05

这消息让她心头一跳。她跟宋锡文一起看过这电影。她不知道，航班上会否是他。

她发消息给隔壁部门的好友，拿到她账号，登入系统，查看这个航班的机组名单。

没有宋锡文。

她查看这航班上的机组信息：机长是公司总飞行师，另一个年纪也不小，都不可能陪她玩，显然是副驾驶。她看了一遍对方名字，默默记住。

就像一个游戏，她开始隔三岔五登录好友账号，查他的班。元旦期间，对方休了病假。休假后，他飞泰国。她试探性地给他发去消息，落款劳伦斯先生。不一会，他回复：新年好，劳伦斯先生。

果然是他。

像获得密码，暗语接通，游戏延续下去。

从那时候起，她知道他什么时候飞，飞哪个航班。遇上她值班，便在发报文时悄悄留个尾注，劳伦斯，像是密码。他回复时，总是会先称呼她劳伦斯。

因为这游戏的存在，似乎连上班也有了乐趣。只要不出工作差错，没有人追查报文内容。她知道他叫什么名字，工作号多少，在哪个机队。以防万一哪天他不高兴，翻脸不认人投诉她骚扰，她非常谨慎，尽量只在自己调班时段给他发消息。

世界杯开始后，他跟其他机组一样，人在天上飞，心系地面那颗球的攻守。她为他发去数据，又逐渐破译他的喜好。

他似乎喜欢德意志战车嘛。她幻想他拥有类似的人格：严谨，强硬，禁欲，一丝不苟，拥有超强占有欲。

日子还在继续。工作一成不变，唯一乐趣是本场天气不好时，跟同事一起将手机翻转过来，齐齐亮出专门订制，写有“航延大神”的手机壳，每人执三支笔，对着手机壳拜拜，口中念念有词“求不航延，

求不航延，求不航延”。晚上回到宿舍，继续埋首准备签派员考试，像看情书一样，反复翻阅《飞行计划理论与实践》《空气动力学与飞机性能》。

她偶尔还是会在发给他航班的报文上，留下两人才看得懂的暗号，而他也会回应她。

这天，她在发给他球赛结果不久后，收到他发回的邀约。他问她，要不要出来一起去看球。

她盯着这条消息，开始犹豫——自己是否过于沉迷这个游戏了？对他来说，这游戏就是个微信小程序，对她而言，却是要搭上全方位 VR 系统。

两秒后，她回复了一个“好”。

这时，值班经理经过她跟前，敲敲她桌子，提醒她，要把心思放在签派员考试上。她赶紧打哈哈，抱着杯子走开。

在茶水间倒咖啡时，她掏出手机，翻出公司通讯录，第一次输入他名字。

手机屏幕上，出现他的证件照：一张平整端正的脸。这样一张脸，穿上“三道杠”，就有了职业加持过的光环。她手指划过去，复制他的手机号码，开始编写讯息。

歪头想了半天，才慢慢敲下一行字：“我是劳伦斯。”

这时，两个女孩儿坐在窗边，八卦最近的桃色新闻——

“哎听说了没？总飞行师的太太做了几面横幅，挂到公司楼下的事。”

“看到了看到了。朋友圈不都传疯了吗，哈哈哈。”

“这个圈子就这样啦。”

“跟行业无关啦，哪里都有渣男和暖男啦。”

“但这行特别多！”

她的手指在屏幕上空悬半天，最终撤销输入。

她又开始一个人去电影院。屏幕暗下来的时候，宋锡文的脸渐渐在她脑中模糊。她抱着爆米花，笑了起来。

她走出电影院，外面飘起了细雨。雨水从店铺屋顶滑落，落在地上，发出微不可闻的声响。她抬头看大厦楼顶的广告牌——南方海岛的广告。

是时候出去走走了。做出这个决定时，她不知道，这个向来平静的海岛会成为全球新闻的焦点。

那一天，船上除了她，还有几个中国人，两个细声细气的日本人，以及她分辨不出国籍的白种人。噢，除了去哪儿都戴着帽子的英国人。

天气太热，她将头发剪得极短，穿着宽松的衣服。请她帮忙拍照的美国人喊她“亚洲小男孩”，她面带微笑地将对方拍得极丑。

“你是哪里人？越南？菲律宾？”美国人说完谢谢后，又问她。

她假装没听懂，转身就走，心里狠狠号啕：我这北方美女的基因，怎么到这儿就成菲律宾人了？

在她转身到甲板另一边，探头看清澈的海水时，那美国人尖着嗓子高喊：“那是什么？”

远远驶来一艘快艇，她看得清楚，上面的人有枪。

快艇疾速追上，船上的人手持武器，直直盯着他们。接近船身时，大伙儿都明白过来，眼睁睁看着那些人朝他们扔出铁梯，梯子前端的钩子，一下扣住船身。

他们越过铁梯，飞快地上了船。

甲板上阵阵惊恐叫喊，众人四处奔逃。她在看到快艇时，已躲到船舱的角落内，从背包里翻出一把匕首，握在手里。

但很快有人踢开门，另一个游客藏到这里来了。他睁眼看着她，一脸惶恐，但另一只手仍在颤颤地拨着手机。

外面传来海盗的脚步声，越来越近。

室内，电话无人接听。

海盗站在门口，在她眼里骇人得像异形，手里持着长枪，冲他们喊着什么。他看到那游客手里的手机，用枪口对准他。

电话在那一瞬间接通，那边传来她听不懂的欧洲语言。

海盗朝他走近，枪口仍对准他。

游客脸色苍白，举起一只手，另一只手放下手机，在海盗移开目光时，他冲着电话那头高声喊了句什么。

那句话没说完，子弹比他的声音更快。

06

又是一年圣诞将到。

这一年，他升为机长，决定加入相亲大潮，开始追英超比赛。

圣诞前夜，他参加了当年一起在澳洲学飞的同学婚礼。宋锡文这家伙，这些年来一直换女友，没想到最后娶的，是个不起眼的女孩子。说话细声细气，是个温柔的妻子。宋锡文看上去胖了些，但神态满足。

他猜测，是否所有人最终都要拥抱同样的生活。

从婚礼出来，整个世界都像圣诞老人的游乐场。情侣们周身仿佛覆盖着梦幻的泡泡，幸福地走在街头。他经过商店橱窗时，忽然想起一年前，自己曾收到过一个签派员的圣诞祝福。他一厢情愿地认为“她”是女生，又喊她劳伦斯先生。

这商店正在做活动，主题为英格兰玫瑰。橱窗展示了幸福的三口之家，小模特脖了上，拄了 条曼联红魔围巾。他头脑一热，冲进去问有没有切尔西。

店员被他问得一怔。弄清楚后，笑着摆摆手，说没有。他犹豫片刻，说，那给我曼联吧。

在街头等信号灯时，他站在热闹幸福的人潮中，眼睛看向对面大厦楼顶的大电视屏幕。那上面正播放着新闻讯息，半年前被绑架的多国人质陆续被解救。其中，中国人质明日将乘坐民航班机，返回国内。

大都会人流在大厦下方十字路口穿过，没几个人抬头留意这新闻。

不一会儿，大屏幕放出一条广告，是新发行的唱片，屏幕上播放着 MV，接着是歌手接受采访的片段，说新歌的创作灵感源自大卫·鲍伊的瘦白公爵。镜头又闪过大卫·鲍伊生前片段，其中有他在《圣诞快乐，劳伦斯先生》里亲吻坂本龙一那幕。

他脖上围着红魔围巾，穿过了马路，向家的方向走去。明天，他就要驾驶飞机飞往南方海岛，将被劫持了半年多的人质接回。

6 名获救中国人，被安排到头等舱。按照公司安排，客舱布置上圣诞装饰，四处插上小国旗。驻当地中国大使亲自送他们上飞机，跟他们说："按照国际航空法，只要登上祖国的飞机，就已经登上了祖国的领土。请各位放心，大家一定会安全回到家的。"

他在驾驶舱，乘务长进来时，他问她外面情况如何。

“都挺平静的，但有的人可能水土不服，过分紧张，已经给他们吃药了。”

飞机进入平稳飞行时，他步出机舱查看。大家都有创伤后遗症，没有人睡觉，都在看电视。他观察了一下，都在看喜剧，但没有一个人发笑。空乘上前跟他们说话，大家抬起眼时，眼神都有点茫然，像不适应这个世界。

在这之间，他看到一个身量很小的少年，留着短发，裹着两张客舱毯，没看电视，将脑袋倚在窗上听耳机，看上去有点严肃。

不知为何，他向这少年走去，指了指他身旁位置：“介意吗？”

少年抬起头，放下客舱耳机。

他这才发现，这不是个少年。她看向他的刹那，眼神警觉，但随即放松下来。他瞥了一眼她面前的屏幕，发现她在听世界杯历年主题曲专辑。这让他欣慰，说明她并没有受到非人的折磨。

他想了想，转头回到驾驶舱，将他那条曼联围巾拿过来递给她，低声说：“冷的话披上吧。”

像是故意调节气氛，他又说：“我想买切尔西。我有个不曾谋面的朋友，她似乎是切尔西球迷。我试过约她出来看球，但她再也没有回复我，还跟我失去了联系。”

她听得很认真，一直在打量他的脸。

他微微一笑，又跟其他人打过招呼，回到驾驶舱。

一路飞行平稳，后来乘务长进来送餐时，他问有没有什么特殊情况。乘务长说没有，想了想又说："噢，对了，刚才那个女孩子问我，你叫什么名字。"

他莞尔，也许她也是切尔西球迷也不定。

乘务长接着从口袋掏出一张纸条，递给他："她听完你的名字后，跟我要了一张纸，在上面写了些什么，说让我下机后交给你。但我想，还是现在给你比较好。"

那纸条皱巴巴，像被人紧紧攥在手里太久。他摊开那张纸，上面只有一段话——

MERRY XMAS EVE AND BEST WISHES FOR UR TRIP. THX FOR UR HARD WORK.

PLEASE KEEP PROTECTING OUR BEAUTIFUL SKY.

WE WILL BE WITH YOU AS ALWAYS.

他一下子认出来这段话。他有点惊讶，抓过一张纸，信笔在上面写下"圣诞快乐，劳伦斯先生"，托乘务长交给她。乘务长一脸狐疑，抓着纸条出去了。

不一会，乘务长回来了，又递给他一张纸。他迫不及待地打开，见上面写着"WISH U A GOOD TRIP. LAWRENCE."

他笑了起来。

乘务长在旁用手捂着嘴，佯装咳嗽："机长大人，还需要我传纸条吗？"

"不用了。"

飞机落地后，马上有人站在舱门跟廊桥连接处，打着横幅迎接归国人质。她知道此时走出去，一定会出现在新闻上，借口不舒服，待在飞机上，迟迟不肯下机。

他走出驾驶舱，坐在她身旁。他取过一张餐巾纸，在上面写下"德国 vs 瑞典"，递给她。

她接过笔，想了想，写下"2：0"。

他抓过另一张餐巾纸，写上"西班牙 vs 葡萄牙"，递给她。

她想了想，慢吞吞地写了起来。他好奇地看她在上面写中文，而非数字，便瞥过去看，只见她在上面写"我哪记得"。

像个青涩少年初次见到心仪女生一样，他打量她的模样：短发，衣服皱巴巴，一脸不高兴，皮肤晒得黑。跟他想象中长发长裙的温柔样儿，全然不同。

但他微微笑起来，鼓起勇气对她说："圣诞快乐，劳伦斯先生。一起看球吗？"

END

12/36　AEC

红少爷

PEOPLE IN LOVE

文 / 翎春君

我给你写故事，你跟我做朋友，好不好？微博@翎春君

01

第一次知道红少爷的故事，是在 2016 年的冬天，那时的我刚被人甩了，一气之下辞了工作，跑到中国北方可以看雪的一个小城疗伤。

我爸妈都在美国，没人管我，况且这里房租极其便宜，几百块钱可以租一幢独门独栋老房子的阁楼。

房东就住在楼下——一个热衷于腌酸菜的老太太和她家老头儿，俩人都八十多岁了，身体还挺硬朗，一顿能吃一只鸡。附近住的都是类似画风的老头儿老太太，土生土长本城人。

他们见到我的时候，无一例外地表示惊讶，说："真是出鬼了！这孩子长得简直和那个谁一个模子刻出来的。"

那时候我还不知道他们说的是谁，也懒得知道。我每天足不出户，把所有的时间都用来给那个离开我的姑娘写情诗，写得面黄肌瘦，人鬼莫辨。

老头儿有每天早起晨练的习惯，房东老太太见不得我每天在阁楼上等死，扯着我的耳朵叫我去跟他们一起打拳，房东老头儿因此很高兴，打完拳去菜市场抢菜的姿势都特别勇猛。

有人问他："老王，又带你孙子来买菜啊？"他就笑，也不搭茬。

被默认为老头儿孙子的我并不亏，老头儿打拳的时候，身上是带着真功夫的，一举一动都特别有气势，就是不大耐心。

我若是跟不上或是露出什么疲软的架势，老头儿骂人的声音能把几百米外的老太太喊醒："你个小东西！又偷懒！这拳打得，软绵绵的！你也配像红少爷？！"

我挺委屈，我要是真是他孙子，被摔打到二十来岁，恐怕也是一位能人了。可是我并不是啊，那个时候我还以为，红少爷是他孙子。

后来我发现，红少爷不是某个人的熟人，而是这群老人，或者说这代老人共同的一个回忆。

这个人长得又和我有几分相似，因此他们半个世纪前的回忆被唤醒了，动不动地他们就会笑骂着提到红少爷。

"你个窝囊玩意儿，还怕这东西！红少爷像你这么大的时候，自己都能打头野猪了！”

这是某个老太太替我赶跑一只朝我狂叫的小泰迪时说的。

“干啥呢干啥呢？行了！祖宗，我背吧，红少爷要是看到你这死样儿，气都气死了。”

这是我替一个老头儿提煤气罐上楼的时候，他气急败坏叫出来的。他认为我的龇牙咧嘴完全是因为我想偷奸耍滑，和那玩意儿整整二十斤一点关系都没有。

我从他们的只言片语中编织出来这样一位少年，他力大无穷，聪明机警，明朗得像一个生机勃勃的太阳，戴着狗皮帽，骑着枣红马跑过这座城市，跑过这群老人共同的青春。

我一张书生脸，瘦得像会走路的排骨，在南方尚算中等身材，来到这边，完全可以称得上瘦小了。这样的形貌不仅和英雄扯不上什么关系，还有几分男生女相，那个甩了我的女孩就曾经跟别人吐槽过，她觉得我这种长相给不了她丝毫安全感。

我因此对红少爷慢慢有了兴趣，我想把他的故事写下来告诉她，男人不靠肌肉也是个英雄，后来有一次看所有老人都在那里乘凉，我就去问房东老头儿：“爷，红少爷到底是谁啊？”

老人们笑起来：“哟，你孙子打听红少爷呢！”

房东老头儿的表情很纠结，似乎又是想笑，又想立刻板起脸给我一脑瓢。

我在他选择后者之前赶紧狗腿道："爷，我不是个写书的人吗？听你们老提，我想把他的故事写下来。"

"写红少爷啊？"

爷爷奶奶们摇着蒲扇，似乎陷入了某种遥远的记忆。

"那可有得写了。"

02

当时这城里有个土匪，叫花脸狼，二十几岁就捡了条枪带着兄弟占了山头，后来竟成了气候，乱世里起起伏伏，成了地方一霸。

这红少爷，就是他们家的少爷。

七十多年前的秋天，夕阳西沉，少年骑着枣红马，守在山林外。突然，远处发出震耳欲聋的咆哮，随着树木倾倒，一头野猪发了狂一样跑过来，几只狗不断狂吠着纠缠它。

少年啪地拉开枪栓，那野兽低吼着摆脱了猎狗，血红着眼睛朝少年的方向冲去，一时间，惊呼声四起："红少爷小心！"

然而少年不退反进，拍马疾行，快得像阵风，把人声和狗吠抛在身后，谁也看不清他到了多么不可思议的近前，只知道他抬手就是两枪，正中那野猪的胸膛。

那野兽与他擦肩而过，应声倒在地上抽搐了两下，终究没了声响。少年翻身下马，一刀插在巨大的猪头上，清秀的脸终于露出一丝自得的笑。

围猎野猪的人群兴奋地聚拢过来，“红少爷猎到山货了！”

“恁大个野猪！红少爷一枪就毙了命了！”

少年被众人举起来，高高地抛在空中，他的脸上溅了野猪血，那是胜利者瑰丽的图腾。他扬起下巴，得意地看着人群外一个骑黑马的青年：“怎么样？小虎子！我十六岁就猎了第一头野猪了！比你强！”

“德行！”青年懒洋洋地笑着，“这二十几个人，十多条狗，陪你耍了三四天才猎到这么个玩意儿，你当你脸上有光啊！”

少年急了，又不知道该怎么反驳：“那，我，反正，那下回你们都不许跟着！”

瘸老张是跟着司令占山头的老人，一听这话不得了，赶紧打圆场：“这猎野猪哪有一个人的，司令和少爷打猎的时候，咱们不也跟着吗？要我说，红少爷这一手枪法，不比老爷子当年差！”

红少爷一听，眼睛亮了：“真的吗张叔？我枪法真的不比我爹差吗？”

“张叔啥时候哄过你啊？瞅瞅，这野猪不刚在你手里断了气吗？”

红少爷顿时美得不知道怎么好，黑马青年就嗤笑一声：“你就听他哄你吧。”

他把红少爷扛起来扔在马上，自己也上了马，喝令："收拾收拾，红光子落山前回去。"

“是，少爷！”

红少爷坐在高头大马上，天边的夕阳美到悲壮，打猎的血还在烧着，晚风呜呜地吹着，只觉得不能再畅快了。

“冷吗？”

“有点儿。”

身后的青年抖开一张斗篷，给他围上："到家喝点酒就好了，快走几步？"

“好！”

青年夹紧了马肚，奔马像一阵旋风似的跑起来，山林、落日、扛着野猪热热闹闹的人群，都被抛在脑后，只有猎猎的风声作响。

“你说的话——得算数！”

红少爷还记挂着什么，青年笑笑，说了句话，但被山风吹得听不清，红少爷追问："啥？"

结果刚一张嘴，就被灌了一肚子风，再然后就被青年捂住了嘴。

得意也只有这么一路，刚到家门口，俩人就撞见了正要出门的沈司令。

沈司令土匪出身，后来被招了安，安上了司令的头衔，自觉十分成体统，每日里在军营里操练着弟兄们："立正！稍息！"

回家了也不闲着，远见着两个惹祸精过来，立马觍着肚子摆起谱来："立正！"

红少爷连滚带爬地从马上滚下来，站得溜直，青年也下马，立正。

"这大冷天的，你们两个小兔崽子又干啥去了？"

俩人还没搭腔，后面扛着野猪和野味的人就挤挤挨挨地过来了，瘸腿张老远就喊："大当家的，红少爷今天猎了头野猪！"

沈司令一口气好悬没背过去，伸手就打了青年一脑瓢："你又带他去野！"

"您这话说的，好像我乐意带着他似的，我这刚到家，气儿还没喘匀呢！他就扯着我猎野猪，我有啥办法？"

沈司令气得二佛升天，回头就要打，可是看着红少爷可怜巴巴的小模样，打坏了可惜，把蒲扇样的巴掌放下了："回头让你娘削你，往死里削，我告诉你我可不拦着！"

然后又气沉丹田地朝青年吼起来："他小！你也小啊！不知道野猪那玩意儿生性啊！把你俩顶个透心凉，倒霉的是我！"

青年扯扯嘴角，也只能小声来一句："也不知道谁是亲生的。"

"你又嘟囔啥？"

“我说，是！司令！”

年关将近，沈司令这浑身的事儿，也没空跟他俩计较，觑着肚子走了，还不忘骂瘸腿张：“你咋还不把野猪皮剥了？”

瘸腿张还挺茫然：“剥皮干啥啊……”

沈司令这一怒非同小可，差点一巴掌打过去了。

“我儿子十六岁打了野猪！还不得给人看看啊！不剥皮吹牛的时候拿啥说！啊？”

03

老头儿们还沉浸在当年那无数场打猎当中，闹闹嚷嚷地讲那些野猪、狐狸、山神爷（老虎），那古怪的鸟叫和漫山遍野的坟头。我却忍不住打断了：“爷爷，那红少爷到底是不是花脸狼的儿子啊？”

房东老头儿摇着蒲扇：“听我爷爷说，这花脸老沈也是一代英杰，就一个毛病，子息不旺，年近四十了，还只有正头夫人给他生的一个孩子。大名叫沈汉之，小名就叫虎子，那才是咱这里正儿八经的少爷。”

“那红少爷怎么回事儿？”

“说有一年沈夫人带着儿子回娘家，被老沈的仇家给暗算了，带的十多个人死了个干净。那沈夫人也是个有两把刷子的，江湖上还有个诨名叫白狼三娘，生生带着儿子逃出一条生路来。

“可谁知道阴沟里翻船，她一脚就踩雪洞里去了，数九寒天的，那是要命的事儿，也是沈夫人命不该绝，晚上正好有个小乞丐路过，把讨来的吃的，都给了沈夫人娘俩，还去给花脸老沈报信儿。

“结果沈家非但没有散，还兜头把那伙人一锅端了，据说沈夫人出来就一句话，那娃以后就是我亲生儿子！这就是后来的红少爷。”

“爷，那你咋知道的呢？”

“我咋知道的？那瘸腿老张啊，就是我爷爷。”房东老头儿笑。

“还挺惊心动魄，那为啥你们不提那正牌的沈汉之，却老提红少爷啊？”

“沈汉之……”房东老头儿眉飞色舞的神情暗了暗，说，“没什么可提的，年纪不大就出国去了，让他爹惯得服服帖帖，没什么意思，倒是红少爷……”

倒是红少爷，被宠成了这座城里最明亮的少年，他骑马打猎，也喜欢新式的玩意儿，骑着自行车满大街地溜达。若是遇到欺男霸女的行径，当即便出手教训了。

最让人津津乐道的是他那一手好枪法。据说当时有伙盲流子绑了一家掌柜的独子，要五百块现大洋，不然就撕票。红少爷当时隔了一百多米连开了三枪，一枪崩死一个贼首，最后人到了地儿，那帮贼人是跪着迎人的。

那天晚上，是我来以后老人们最开心的一个晚上，他们讲他们的红少爷，红少爷的俊俏，红少爷的英武，红少爷十六岁就能打野猪，沈司令把野猪皮挂在门口，一敲就咣当咣当地响……

04

没人肯再理我了，这时候正好房东老太太叫我："明啊，过来给我拿东西。"

我就颠颠儿地过去了，她拿了一大盘子瓜子、地瓜干、山楂条什么的让我给老爷子们送去，我回来的时候，她一边洗碗一边让我去拿水盆里泡着的西红柿。

"他们聊什么呢这么起劲儿？"

"聊红少爷，就跟我长得特别像的那个。"

老太太的手停下来，碗面上溜过一滴水，吧嗒地落在水池里。

"红少爷啊……"她笑着叹了口气。

"咋啦？奶，你年轻时候，不会跟他有点啥吧哈哈哈？"

房东老太太差点儿拿碗给我开了。

"那时候红少爷不是你们所有人的偶像吗？肯定全城的妞儿都想嫁给他吧……"

房东老太太"扑哧"一声笑了，不知在想什么。一会儿，擦干净手，突然说："明啊，你想看看红少爷的照片吗？"

"啥？你咋有他照片呢？"

"当年在圣诺亚女中的时候，我们是同班同学。"

"啥？啥？"

05

"我打死你个兔崽子！让你野！"

红少爷像被火烧了屁股，满屋子乱窜，沈夫人拿着鸡毛掸子在后面追。沈汉之见过分了，就拦着："妈，你跟这东西置什么气？再说了，不就是去打个猎吗？我当年也没见您……"

"她能跟你这大小伙子比？一个女孩儿家！每天往外野野野！我看你是不想好了！"

"妈！你小点儿声！"红少爷不乐意了。

"哎！兔崽子，你爹惯着你，你还真魔怔是吧！你是个女孩家还不让人说了！嫁不嫁人啦！啊？"沈夫人更生气了，手一快，活猴儿一样的红少爷就结结实实地挨了几下。

"小虎子救我！"她这下是真的尖叫起来，像只树袋熊一样往沈汉之身上爬。

沈汉之把她托起来——这孩子真重，一看就是平时没少吃肉，笑吟吟道："叫谁呢你？叫哥，叫哥我就救你。"

"你大爷……哎哟，哥哥哥哥，好哥哥救我！"她又生生挨了几下。

沈汉之就把她举起来，放在肩膀上，沈夫人打不着，恶狠狠地抽了儿子几下才罢休。

"行了妈，她到现在还没吃上饭，你就饶她吃点东西去吧。回头打，回头打哈！"

他扛着红少爷，转头就跑，被沈夫人一把拦住。

"穿鞋！"

她瞪了那不知好歹的小东西一眼，然后把棉鞋怼进她脚上。

06

那年，沈夫人在雪洞里抱着儿子等死的时候，洞口探出一张脸。

黑黑的，满是脏污，圆眼睛亮亮的，叫："姨！你是不小心掉进去了吗？"

沈夫人喜从中来："对对对！孩子，你，你有吃的吗？你能给姨往家里送个信吗？好孩子，姨给你糖吃，还给你好多现大洋。"

小孩给她偷了馒头，还不知道从哪儿弄来几件破衣服，让她裹着驱寒，不过送信之前，小孩犹豫了一下。

毕竟那时节沈家还住在山上，离这里百十里路，沈夫人怕他反悔，赶紧说："孩子你放心，姨说话算话！给你好多钱！要多少有多少！"

"不是，我不要钱，就是……"小孩犹犹豫豫地开口了，"就是完了之后，你能抱我一下吗？"他指指沈夫人怀里的沈汉之，"就像你抱弟弟那样。我没有过娘，我想知道，有娘是什么滋味。"

刚才还虚弱得说不出话的沈汉之马上炸了毛："谁是你弟弟？我大！我大！"

沈夫人一个脑瓢扇过去，对小孩说："孩子，从今天起，我就是你娘。"

那个时候，他是个自小流浪的小乞丐，没人知道他多大，也没人知道……他是男是女。

接到府里后，他像个小豹子一样，充满活力又招人喜欢，很快就把沈府大少爷沈汉之的位置夺了去，坐上沈家第一受宠的交椅。

他打架厉害，不服输，人还没有枪高就一手好枪法，那时候还不是沈司令的沈花脸美得不知道怎么办好，觉得老天爷疼自己，这儿子比他亲生的病秧子像自己多了。

沈花脸天天领着他骑马打猎，红少爷那一手好枪法，就是这个时候练出来的。

可惜养了几个月，沈老爷才发现一个让人悲痛欲绝的事实——这儿子，居然不是个带把儿的。

红少爷不让人给自个儿洗澡，她又天生十分怪力，精力充沛，虎头虎脑的，自然让人觉得，这就是个带把儿的小子。可是真相就是这么残酷，这家伙，是蹲着撒尿的。

红少爷被发现了，臊着脸吼："我是女的咋啦？我不比男的差！"

所有人都瞠目结舌，沈花脸一拍桌子，看红少爷扯着裤子哭唧唧的样子，就大吼："女的……女的也是我的大儿子！"

于是红少爷就这么糊里糊涂地长到十六岁，长成了城里的第一纨绔，如果不是个儿矮，八成还是北城所有少女的春闺梦中人。

不过养子终究还是养子，沈汉之比他早上了两年学，念完私塾就被送到国外去了，每逢年节才回来，红少爷一直在本城念到十六岁。

07

红少爷骑在沈汉之宽阔的肩膀上，威风得不得了。

"去厨房！我要吃肘子！"

"德行，我看你像肘子。"

沈汉之懒洋洋地扛着她回了自己屋子。

"哎你干啥你干啥？"

"我给你个好东西。"

他从箱子里拿出一个漂亮的盒子，上面印着长肉翅的小美人，红少爷知道这是西洋的玩意儿，眉开眼笑地接过来："这是啥？"

沈汉之点了烟，笑："自己看。"

她打开，满满一盒子西洋果子，做成小人儿的形状，漂亮得让人睁不开眼睛。

"真好看！"

她吃得腮帮鼓鼓的，沈汉之看她吃，自己也笑。

"还有个东西要送你。"

"什么？"

沈汉之往后一仰，躺在床上，指指枕头旁边："你自个儿去拿。"

红少爷以为是吃的，连忙跳到床上手脚并用地打开，发现是一包衣服。西洋式的小裙子，白色的，裙摆上是大朵的蕾丝。

"要死啊你！"她像被什么东西扎了一下，连忙扔了。

沈汉之撑起身，从她后面伸过手臂，拿起裙子比在她身上："明年你就出去读圣诺亚女高了，该有件像样的衣裳。"

"我不去读女高！你说了！要是我猎了野猪，就带我去美国！你答应的！"

"美国早晚要去的，不着急一时。"他环住她，轻声在她耳边说，"穿上试试，我想看。"

"你自己怎么不穿？"红少爷恼了，下床就要走，沈汉之别住她，她反手就是一拳头，两人真刀真枪地过了几招。

俩人是一个师傅教的功夫，沈汉之身体弱，一向是不如红少爷的，可是不知怎么回事，去了两年国外，竟然真把红少爷制住了，他把她剪了手压在身底下，笑问："服不服？"

"不服！不服！"红少爷叫嚣。

沈汉之就挠她痒痒，她素来怕痒，挣扎了几下就禁不住笑起来："我服了服了，别闹了。"

"叫哥！"

"呸！"

她穿着男孩儿的短衫，脸色绯红，一双眼睛水漾流光，沈汉之不知道怎么地就想起猎野猪的时候，她脸上带血的那个回眸，艳色逼人，让他从头到尾地发起热来。

红少爷以为他还要再挠，没想到他静下来，一双黑如墨色的眼睛就这么沉沉地看着她，让她心慌。

"行了，别闹了，怪饿的。"

"你跟了我吧。"他说。

这下红少爷是真的恼了，反身推开他："又犯病了，我跟你说什么来着，再说一次这个话我就废了你！"

她还没说完，他的吻就落下来，狂风暴雨一样，任她怎么挣扎都躲不开，直到她将他嘴唇咬出了血，他才将将放开。

她抬手就是一巴掌，用了十成十的劲儿："老子不是粉头！"

她头发散了，挣扎得太过衣服也乱得不堪，眼角发红，沈汉之只觉得心加倍痒起来了。

伸手就制住她的手腕，再次把她压倒床上："你再说一次这话！

"谁把你当粉头？我告诉你！你是我的女人！你要什么横我都惯着你！只有这一条不行！"

两人对峙的时候，突然有个声音怯生生地传来："少爷……红少爷……夫人问你们俩怎么还没去吃饭？"

门口站着一个吓傻了的小丫鬟。

红少爷一把挣开他，转身就跑，跑到门口突然停下来，她想，老子慌什么？我又没做亏心事！

她转过头，想放句狠话，却见沈汉之一边系着扣子，一边懒懒对小丫鬟说："瞧见什么了慌成这样？不用慌，没人要封你的嘴。"

他分明对小丫鬟说话，却看着她："你们红少爷，早晚是我的女人。"

08

照片中的少女穿着西式的礼服裙，打开小扇子，端庄地坐在茶几边，似乎是化了妆，黑白照片也掩不住的艳色。

"这是红少爷？这……哪像我啊？"

“听他们说，短头发的时候像，我认识她的时候，她就不是他们记忆里的那个小少爷了，西洋的先生给她起名，叫蒂尔达，旗袍也穿，洋装也穿，好看啊。”

房东太太一边纳鞋底一边说：“旁人都是父母送来的，就她是未婚夫送来的，那男人就是以后的沈大帅。啧啧啧，生得好皮相，没个好心肠啊。”

“怎么就没个好心肠了呢？”

“他们没说吗？”

“说啥？”

“红少爷死了，死在沈汉之跟别人的新婚仪式上，她的性子烈啊。”她仍旧在纳着鞋底，脸隐在阴影里，“都说她是自杀，可是我晓得的，是有人让她死啊。”

09

“蒂尔达！”

“干吗？”

她生了一双浓眉，瞳仁比一般人黑，下巴尖俏，穿着西装校服，看起来完全就是个新式少女。

“姐，你怎么跑得这么快啊！”莉莉勾住她的胳膊，气喘吁吁地说，

“先生找你。”

“找我做什么？”

蒂尔达仍然保持着做少爷时的直来直去。

看了看四下，莉莉小声说：“你是不是又要去游行？我的姑奶奶，那是掉脑袋的事儿，你当你是沈家人就不会出事了吗？听话，跟我回去吧！”

蒂尔达甩开女孩的胳膊：“跟你回去做什么？弹琴读书唱洋人的曲儿？小姐，国将不国了！日本人现在就在我的家乡烧杀抢掠，你要我跟没事儿似的往那儿一坐？我坐不住！”

“谁坐不住？你屁股上长钉子了坐不住？”

德拉老师带着警卫员从后面跑过来，呵斥道：“滚回去！”

这要是在北城，谁敢跟红少爷这么来一句，估计大板子就跑不了了。可是她现在不是红少爷，她是穿着旗袍的蒂尔达。

她必须谨慎，必须听话，必须乖巧懂事，三从四德。

“老师。”她按捺住自己的脾气，说，“我今天是真的有事，你让我走。”

德拉老师本不懂什么学问，就是入了教，出了趟国，又一身捧高踩低的本领，才做了这女校的训导员。

本就看不上这群爱折腾的女生，又听说蒂尔达不过是沈家的童养媳，德拉老师因此格外凶悍起来：“你叫花子打架，穷横什么？到底不是沈家的种，三辈子也刮不去骨子里的穷酸相。你们！把她按住了，锁屋里。”

他又叮嘱旁边的警卫：“你们沈大帅吩咐了，不让她出学校给沈家丢人！”

“别别别，女孩家让这群臭男人抓着还见不见人啊。哎呀，姐，你快给老师认个错。”莉莉着急说，“你这个傻子！日本人闹又能怎么样？天塌了有个高的撑着呢！我们这女流之辈能做什么？”

“能做什么？”

她似乎自语了一下，然后冷笑一声，从腰里掏出枪来回头就是一枪。

百米开外，一个红木相框啪地落在地上，玻璃碎了一地。那是本校的教员名单，子弹正嵌在“王富贵”上——那是德拉老师的本名。

她转过头，周围已经捂着耳朵蹲了一片，她对趴在地上的王富贵说：“爷六岁摸枪，十二岁跟我爹打靶，弹无虚发。三百步之内，爷说废了你招子绝对碰不着别的地儿！你信不信？”

王富贵吓得瘫软在地上，已经尿了裤子。

她把枪转向警卫，一字一顿地说：“别说爷不体恤你们，谁刚才要是碰我一下，现在就拿手接自己的眼珠子呢！沈汉之来也一样！”

刚才还乱糟糟的操场鸦雀无声，连根针掉地上都能听见。

她收了枪，扬长而去。

10

沈汉之再次见到她，是在警察局里。

街上学生运动，她一柄枪和数十个警察对峙，愣是逃了十多个进步学生。

“听说是北城的红少爷，那一手枪法！当时要真开枪，咱哥几个都得见阎王！”

“长得这么细皮嫩肉的，还以为是女的。”

“听说就是女的，在外面野惯了，才叫红少爷，是原来的沈大帅给儿子备下的童养媳。”

沈汉之进了门，局长才带着属下恭敬地站起来：“大帅好。”

“人呢？”

“在捕房里关着，咱们这有程序走，没法子。”

“钥匙。”

沈汉之进门的时候，她穿着粗布短打，坐在地上闭目养神，脊背挺直，一丝不苟，见人进来就睁开眼睛，竟是说不尽的寒冽清光。

“你们都出去吧。”

支走手下人，沈汉之脱下身上的大衣，扔在她身上。

她捡起来，利索地穿上。

“长本事了！是吧？在学校里打枪？还杀警察？！”沈汉之强压着

愤怒，冷笑着说，“怎么着？我听说我来也照杀不误？”

她平静地说：“要是我手里有枪，你进来那一刻就已经是个死人了。”

沈汉之一脚踹向牢门，一声巨响。

“你厉害，你是红少爷，是神枪手，一把枪跟十几个警察对峙，人还活着！你以为是为什么？人家怕了你吗？因为你是沈家人！因为你是我的女人！你换个平民试试！人家一人一枪都能把你打成马蜂窝！”

她抬起头，说：“我不是你的女人。”

“你想不是就不是？”他冷笑，“三年前你可不是这么说的！”

她一秒钟也没有犹豫，伸手就是一巴掌，干脆利落。

“三年前你也不是汉奸！”

11

“沈花脸是被日本人打死的，到底是土匪，有股子劲头，当着日本人的面喊，誓死不当亡国奴！结果回程的路上，就被人暗杀了。”

房东太太一边纳鞋底一边说：“她请假回家奔丧，我以为她不会回来了，可是到底，还是被沈汉之送回来的。

“我记得那是个下雪天，她穿着黑色的大衣，沈汉之给她打着伞，俩人就站在校门口说话，那画面，就跟演电影一样，我半辈子都忘不了。

“我看着她哭，我想，蒂尔达姐姐怎么会哭呢？她那么亮堂堂的一个人，后来沈汉之就把她抱进怀里了，那时节哪像现在，男女在街上抱一块儿，稀罕事儿呢，我就躲过去听，听她说，你要给爹报仇，他说，放心吧。

“我记得，她回来以后，就不爱说话，也不爱笑了，原来那么神采飞扬的一个人，现在什么不干，光坐在那儿发呆。我以为沈汉之会常来——原来他就常过来，给她带吃的，带玩的，领我们这群小姑娘去打球、游泳，去舞厅跳舞。大家伙儿都知道蒂尔达学姐，有个又高又帅的未婚夫，可是现在，她那么难过的一年，他居然不来了。我问过她，她说，汉之在给我爹报仇呢，当然不能常过来。

“但是没有啊，沈汉之后来啊，和日本政府达成了合约，把北城给了日本——当初沈花脸就是不愿意，才被杀死的。也许为了自保，谁都没错，但是她过不去这个坎。”

我忍不住插嘴：“当然过不去，那是我们的国家啊！”

“你们啊，现在受教育长大，那个时节的我们懂什么呢？女人活一辈子，可不就是活她的男人呢，可是她就能跟沈汉之恩断义绝。”

“帅！”

房东太太笑了笑：“哪儿那么容易啊，只有男人休弃女人的，哪有女人不要男人的啊。”

12

红少爷到底回了北城，只不过穿着旗袍，被沈汉之抱着，谁也不知道她是那个威名赫赫的红少爷——关于她是男是女，城里一直稀里糊涂的。

“今儿先睡吧，明天再去见妈。”

“日本人的地界儿，我睡不着。”她说。

沈汉之低头看着她，竟笑了，凑在她耳边说：“待会儿累了，就睡着了，你信不信？”

她朝他脸上吐吐沫，被他躲开了。

“给夫人换身衣服。”他笑着说。这一年他喜怒无常，下人们已经很少见他笑了。

她吃了药，筋骨酥软，只能任丫鬟们摆布。

“红少爷你这是咋啦？”丫鬟们不知道怎么回事，还叽叽喳喳的，“你都好久不着家了，我们都想死你了！”

“您什么时候跟少爷结婚啊？老夫人老说结婚之前不让我们改口，但一提红少爷这几个字，大帅就不高兴，非让我们叫夫人，您说他们是不是诚心为难人？”

“这丝绸的好看吗？大帅从西洋带回来的。”

“还是这碎花的吧，红少爷穿惯的。”

她任她们摆弄，最后只淡淡地说了一句："我想喝茶。"

这府内上下，差不多都知道"两位少爷"要成夫妻的事儿，但是沈汉之直接让她睡在自己卧房里，还是想都不敢想的事情。

可老司令走了，这家还不是沈汉之一手遮天。别说人家要和自己未婚妻睡一个屋里头，就是外面睡个把女人，谁又能说什么呢？

宝蓝蕾丝的西洋床上，她穿着淡色的丝绸睡衣躺在那里。尽管嘴唇都咬破了，还是浑身一点力气都没有，她不敢相信沈汉之居然给她下药——这么下三烂的事他都能做，再没什么做不出来的。

等了一会，她迷迷糊糊地睡着了，毕竟是从小熟悉的地方，熟悉的气息，她又很多天没好好休息过了，她甚至短暂地做了一个梦。

梦里她还是十六岁，一枪打中了野猪的胸膛，浑身热血上涌，不能再畅快。

她睁开眼睛的时候，就看见沈汉之躺在她身旁。

"你做什么？"

"一年没见你了，你说我做什么？"他懒洋洋地看着她。

"你敢！"

"你看我敢不敢！"

"你不是厉害吗？你再厉害也是个女人！来，你再厉害一个我看看！"

“你他妈的混蛋……”

他吻着她，几乎是在撕咬了，她侧过头，他就吻她的脖子。

“这几年我做梦都是你……给我生个儿子！给我……”

突然，他停住了。

她嘴里含着一片瓷片，瓷片上已经沾了血，差一步，就差一步，那瓷片就会划过他的颈动脉——那是他们小时候，师父教的保命功夫。

她性子硬，他知道，可是他做梦也没想到，她真的会对他下死手。

13

阴暗的灯光下，俊朗的男人与脸色绯红的少女，分明是无比香艳的一幕，却冷酷得让人不敢直视。

“为什么？”

他看着她，眉目依稀是那个夏夜里一起捉蛐蛐的少年。

“我们从小一块儿长大，你第一次打靶是我教的，你第一次骑马也是我教的。当初薛蛮子说你是叫花子，我命都不要了，去跟他打架，最后废了他一只手，差点让我爹用马鞭抽死。十三岁那年黑道开乱枪，我把你护在身下，还有……你去打猎，我为了救你被狼咬在肩膀头，这疤你还记得吗？”

他指着自己的肩头，那上面是长长的一道疤。

“你十六岁那年……”

“别说了！”

“凭什么不说？你十六岁那年，槽子沟野林子里，你咬下这块疤，说礼不在外头，在心里，从此之后你就是我的女人，你还记得吗？”

那是他从美国回来的时候。

虽然他总跟她说些乱七八糟的话，但是从小到大的人，一朝去了国外，她还是想得不行，日思夜想盼着他能回来。

回来之后，他看她的眼神就变了——或许一早就变了，只是他挑明了之前，她总装着看不见。

她也不知道自己到底是怎么想的，她心里没把自己当过女人，可是现在有人要她做自己的女人，她也不知道该怎么办，硬着心肠不理他，又想得慌。见他和这个小姐那个小姐去打高尔夫、打网球，心里泛酸。

这就是情爱吗？她想，做女人可真折磨人啊！

14

那年冬天，她独自一人去槽子沟打猎，上个月他们俩打猎的时候，他刚被狼咬了肩膀，她不让他跟着，他还不听。

“不许跟着我。”

“哟，槽子沟是你红少爷开的啊！我就跟着走怎么了？”

她没办法，俩人一前一后地走。

后来不知道怎么回事，就走深了，还遇到了暴风雪——这北方的大雪可不是闹着玩的，两个人赶紧往回走，可是天黑路远，一下子就迷了路。

天要黑了，再走可能要出事，他身上带着伤，零下五十多度的雪地，不是闹着玩的，也该是两个人命不该绝，遇到一个猎人的小屋，里面有柴火，山货，俩人就躲在里面了。

暴风雪下了一天一夜，俩人一直被困在里面，沈汉之这身体是娘胎里带来的弱，之前又受了伤，当夜便发起了高热，说胡话，说雪地里有个人朝他招手，让他过去。

红少爷半辈子没信过神鬼，可是第一次哭着求菩萨，别让野地里的鬼魂把他带走。

“小虎子，小虎子，你不是说喜欢我吗？你别跟别人走好吗？”

他烧得眼睛通红，痴痴看着她：“好像又回到小时候了，我总生病，你就像这样，在床头守着我，我心里有个念头，为了红小子，我也不能死，我不能让她哭，你怎么又哭了？我自己心里头发过誓，死都不能让你哭的。”

“我不哭。”她把他的手贴在自己脸上，“大老爷们儿哭什么？你不走我就不哭。”

“你知道我这辈子，最高兴的一天是什么吗？就是我爹告诉我，你是女儿家，以后就是我的女人。我当时装着嫌弃……其实我心里不知道有多高兴，哪怕……立刻死了也高兴，你，红儿，你知道我爹把你许了我吗？”

“我知道。”

她怎么可能不知道呢？

“可是我爹说了不算，你那么倔强，你像太阳一样，谁能管得了你？你不愿意跟我，嫌我弱，我在美国，我暗地里，我从来没停过努力，我多学了许许多多东西，我想得到的是个太阳，我得争气，可是终究是……来不及吗？”

“我不是不喜欢你，小虎子，我不喜欢你还能喜欢谁？你长得这么好看，事事都做到拔尖儿，这天下的男人挨个儿排，我数第一，你就第二，我不是男的，你可不就是第一吗？我就是……就是没想过做女人，我……我……”

她没说完，就被亲了嘴。

“你让我亲亲吧……求你了，我感觉，我要死了……野地里那个人招呼我过去了……你让我亲亲，我就不走了。”

炉火还在不停息地、热烈地燃烧着。

她虽然是当男孩养的，也知道礼义廉耻。她知道被他这样亲是不对的，可是又能怎么样？他要死了，发着高烧，说着胡话，那么温柔悲伤地求着她，她又能怎么样呢？

最后一刻，他似乎恢复了些许清明，看着她："你喜欢我吗？你……你不喜欢我，我就不做了。"

"我不喜欢你还能喜欢谁呢？"

那一刻，她终于面对了自己的心，她是个女人，她喜欢眼前这个男人。

他后来又反复问她是不是喜欢他，她从没回答过。

他以为就算她不喜欢他，也至少认定了他。

他从来没想过，有一天她真的会对他下死手。

"沈汉之，你这辈子就在犯同一个毛病，自以为是！"她浑身没有一点力气，眼神却亮得惊人，"你以为和一个女人好了，不管你是个怎么样的畜生，她这辈子都跟定你了对吧？我告诉你，不是！你曾经是我兄弟，我男人，可是在你当汉奸的那一刻，不是了！"

她昂起头，一字一顿地说："就像你跟杀父仇人做交易，就再也不是我爹的儿子！你以为我一把枪跟十几个警察对峙，是仗着我是沈家人吗？

"呸！你沈家人敢杀日本人吗！我告诉你！我敢！而且杀了不止一个了！我仗着什么？我仗着我是我爹的儿子！我一条命不要！也要跟

日本人对着干！”

15

在结婚前，久丽子曾见过那个传说中的女人。

她是沈汉之自小定下的未婚妻，在一年前被登报休弃，却因着旧情没被赶出门，以一种尴尬的身份住在沈府里。

久丽子以为她一定是个沧桑而怨毒的下堂妇——那个年代有许多这样的中国妇人。

久丽子没想到她那样年轻，皮肤光洁，眼神明亮，穿着男士衬衫，叼着烟在刷马，见到她，像男孩子一样吹了个口哨，歪头笑："日本人？"

久丽子点点头。

她冷笑着骂了句粗话，然后把烟扔在地上踩灭："真什么事儿都做得出来。"

"你就是沈红小姐吗？"

她就懒洋洋地笑，这笑容和沈汉之年轻的时候同出一辙："还真没有人这么叫过我，城里的人都叫我红少爷……我有个英文名，叫蒂尔达，女的都叫我这个。"

"你读过书？"

"啊！圣诺亚女校，本来准备出国的。"她仍然一下一下地刷着那头庞然大物，“那儿的英文老师不错，你要是中文说不利落，我跟你用英文聊也行。”

“不用……我的中文是很好的。”

准备好的说辞似乎都派不上用场，这个女人有一股匪气，一种万事都不放在心上的野蛮和从容。久丽子感觉无论自己表现出怎样的尊贵高雅，在这个女人眼里，都与马身上的泥虱没有什么区别。

“找我什么事儿啊？”

“是这样……我觉得，我和沈君成婚之前，似乎应该拜见一下姐姐。”

“别别别，我不喜欢这一套，咱们俩还不一定谁大呢。”她又点了支烟，把刷子扔给下人，“走吧，去那边坐坐。”

沈府的后花园是比照着老王爷的府邸，花了大价钱归置的，一年四季都好看得像画，红少爷斜靠在凉亭边，点了一支烟，那些旧时的纨绔少年倜傥风流，在眼前一闪而过。

“沈小姐是很了不起的女人，我和沈君结婚之后，仍然会尊敬你。”久丽子说。

“占我土地，杀我百姓，现在连我的家，都是你们的地界儿了。小姐，你这不叫尊重，叫施舍，就跟你弯下腰，给路边的叫花子点零钱一样，这尊重你打发沈汉之吧，我不屑要。”

“你误会了，我是来跟沈君结婚的……”

红少爷吐出一口烟圈，笑得风轻云淡："结婚？别恶心这个词儿了，不过是两方做些见不得光的买卖前，拿出点诚意来罢了。要我说你们也挺厉害，明知道沈汉之是条狼，还要和他抢食儿吃。对了，你们准备在结婚多久后做掉他？"

"沈小姐！"久丽子忍无可忍地打断她。

红少爷嗤笑一声："就像你们这个不是婚礼一样，我也不是他的女人。所以咱打这种暗语，真没必要。将军有剑，不斩蝼蚁，你若是觉得我会为难你，就太看不起我了。"

久丽子被她的狂妄震住了，红少爷眯着眼，捻灭了烟，扬长而去。

16

沈夫人上了年纪，一会儿清醒一会儿糊涂的，糊涂的时候，歪着头问："红儿呢？是不是又跟她爹出去野了，你们把她给我找回来。"

清醒的时候就哭："天杀的啊！我对不起祖宗啊！我怎么生了这么个丧尽天良的儿子？"

不管她清醒着还是糊涂着，红少爷都陪在她身边，那个一言不合就开枪的少爷温柔地哄着她："妈，您吃饭，别想那些有的没的。"

沈老夫人没喝上日本媳妇的那碗茶，在沈汉之和久丽子要成婚的前一个月，撒手去了。那时候沈汉之还在外面处理军务，旁边也只有红少爷。

后来丧礼大办，城里有头有脸的人物都到齐了，红少爷却不见了踪影。沈汉之招待了一天宾客，晚上才倒在沙发上歇了片刻。

突然他听到一阵钢琴响。

抬起头，大厅里没开灯，却有个人在弹钢琴，沈汉之走过去，是红少爷。

她一身缟素，戴着重孝，看起来有几分阴森。不知道什么时候开始，她的头发竟长得那么长了，就那么乱糟糟地散在脑后。

她的钢琴当初是沈夫人找名师教的，沈夫人自己是个土匪，偏偏想让闺女和儿子都沾点读书人的味道。

那时候他们俩都嫌弃，不爱练，沈汉之倔，就真没好好学，但是红少爷则被逼着，一路练了下来。虽然弹得不怎样好，但是人前显摆是够用了。

一曲终了，红少爷的手滑下来，叹息道："老也不弹，手都生了。"

"挺好的。"

她轻轻笑了："我就不爱练这玩意儿，但是我这辈子，最心疼的人就是娘了，她一哭，我就猫抓似的难受，所以就这么练下来了。后来终于弹得像那么回事了，可是娘终究没听上几回。"

沈汉之沉默了，隔了很久，才说："我帮你把头发梳上吧。"

她往后脑勺一摸，自嘲地笑笑："原来都长这么长了。"

他把她困在这儿两年了。

落地窗淡淡地映出两个影子，一个坐在钢琴凳上，一个站在后面，为她束发。

若是不知道的人，大概只能想到一个词。

岁月静好。

"你知道娘临走前说了什么吗？她叫我不要杀你。"红少爷轻轻叹了口气，"老太太看着糊涂，心里是门儿清的。"

沈汉之不动声色。

"你让我走吧……就算我不弄死你，日本人出手也是早晚的事儿，我留在这儿干吗，给你收尸？"

"爷在你心里就那么无能？"沈汉之神色冰冷，手上却是极尽温柔，"爷还真告诉你，日本人，我成事之后早晚要一个一个全杀光，到时候我用整个中国，给爹做水陆道场！而你！你生是我的人，死是我的鬼，就算你挫骨扬灰，也休想离开我半步！"

红少爷闭了眼睛，一句话都懒得说了。

那些少年策马的快活时光，终究是回不去了。

他为她盘好了头发，缓缓插上钗。

"你是红少爷，你无忧无虑，风流倜傥，你以为这是因为什么？是因为你爹是沈花脸，是爹在扛着我们这一大家子，而现在，是我来扛着这沈家上上下下几百口，是我在扛着整个北城，我不知道白刀子进红刀子出最痛快吗？

“我也想同你一般活得这么简单快活，可是你告诉我，沈家怎么办？北城怎么办，嗯？”

黑暗中，两个人对视着，都能看见对方眼睛里的泪光，沈汉之抬手在她脸上抹了一把。

“别以为我不知道这些年你做了些什么……和外面那些革命军，你就没断过联系，你多任性啊。”他轻声说，“我多想让你永远这样啊。”

红少爷推开他：“别说那么好听，沈汉之，你就是太贪心了，这世界上不可能什么都是你的。你有苦衷，你跟日本人虚与委蛇保住沈家！可以啊！但是你摸着良心说，你要的仅仅是沈家而已吗？

“你的野心分明是整个中国，可是你朝窗外看一看，我们半个国家都烧在战火里，城里百姓有一个算一个，活得像条狗，这时候是自相残杀争地盘的时候吗？

“还有，你口口声声说你爱我，你又要和日本人联姻，我就问你一句凭什么？凭什么我要不明不白地待在这里？看那个日本女人脸色？凭什么因为你的贪心，我就要承受这么大的屈辱？啊？”

“我说了这只是暂时的！那根本不是婚礼！我……”

“别说了，沈汉之。”红少爷看着他，一字一顿地说，“你放我走吧。”

“不。”

两人对峙了片刻，红少爷突然奇怪地笑了，转身就走，走到门厅，却听见他轻声问：“你爱过我吗？”

红少爷回过头，眼里还带着泪光，却笑了，她第一次笑得那么好看。

“从来没有。”

17

“后来呢？”

“后来啊，在婚礼上，红少爷住的小楼燃起了熊熊大火，那火三天三夜，也没烧干净，人都说，是沈家少爷在丧期结婚，遭了天劫。我们同学说起来，都说是蒂尔达学姐刚烈，容不得他有别的女人，宁愿一死。”

“要我说啊。”房东太太有些出神，“是那个日本女人容不下她，沈家有那么一部分人，不满沈汉之和日本人合作，是站在红少爷这边的，日本人怕她让城里变了天啊。”

“对啦，明啊，这些别跟你爷爷讲，他还以为红少爷十六岁之后就去了美国，快快乐乐过了一辈子。他听不得这些的，就让他们的红少爷，永远停在十六岁吧。”

我应了一声，心里一阵酸楚。

“那沈汉之呢？”

“沈汉之后来和日本人翻了脸……”外面的老头儿已经三三两两地回来了，房东太太从容一笑，“他用命把日本人赶走了。”

18

沈汉之立在战场上，那是他熟悉的硝烟味道。

手下的弟兄们死伤无数，可是北城，终于干干净净地属于中国人了。

真痛快，他想，他早该这么做！

这是个冬天，雪花慢慢地从天空中飘落，像是给这场盛大的死亡服丧。

他想起第一次见到她，也是这么个雪天，她还是那个小乞丐，眼睛那么亮，一笑还有豁牙，非说他是弟弟，之后也真把他当弟弟照顾。

那时候他身体不好，半夜发烧醒来，总能看到她不错眼珠地守着他，往他身上擦白酒。她握着他的手，在暗暗的烛光中，像一尊小小的菩萨。

后来不知道怎么着，爹娘生了场大气，原来她是个女娃。那时候他还四六不懂，慌里慌张地想给她求情。

他想，就算红小子是个女的也是我兄弟！给他爹气得直乐，一个脑瓢扇过去：“你随谁啊？长了个猪脑子！女的咋给你当兄弟……”

后来十几岁的中秋夜，他们俩陪爹娘喝酒，她这方面一向没什么节制，很快喝得酩酊大醉，他偷奸耍滑的，还清醒，就听见他爹说：“没用的俩崽子，酒量还得练！小虎子！你起来，把红儿扛回去。”

他嘟嘟囔囔地顶嘴：“干吗我扛？她沉得跟肥猪一样。”

他爹一个脑瓢就扇过去：“你媳妇儿你不扛谁扛？”

他一激灵，那点酒也醒了，就看娘朝他笑：“小虎子，把红儿许给你，你乐意不？”

“我才不，嗯……爹！是真的吗？是真的吗！红小子以后……以后是我老婆吗？”

他爹就笑：“那就看你本事了！红儿可不是一般女子，她不乐意，谁说都不算！”

那是他这辈子最开心的一天，月亮拨开云朵，亮得像年少的梦。

他把她抱回房里，偷偷地亲了又亲。他想，你等我长大，我要比谁都聪明优秀，才能做你的男人。

他在美国拼了命地努力，读书，练枪，不过是为了有朝一日，能配得起她。

他用两年的时间，读完了几年的课程，一想到她，他不累，虽然她什么都不懂，什么都不知道。

从美国学成归来那年，她拉着他去猎野猪，那一点血迹飞溅到她腮边，如同胭脂，艳得蛊惑人心，他的心就猛烈地躁动起来。

他终究是土匪的儿子。

此后一年，她逐渐学会去做一个女孩该做的样子，会羞涩，也会与他亲昵。本想着她毕业之后，就是婚礼，再然后，他就会带着她去美国远走高飞。

谁想，一朝战火起。

沈汉之无神地看着天空，他想起那一日回家，她看向他的眼睛，恨意昭然，把手上的戒指撸下来，狠狠地扔在他脸上。

这种眼神他无比熟悉，因为整整五年，她都用这种眼神看着他。

他也想给爹报仇，可是更重要的，他始终记得爹遗留之际，拉着他的手，说："红儿和你娘，整个沈家，都交给你了。"

一个家族在乱世中保全，太难了。

她不懂他为什么要这片江山，因为乱世之中，不争，就是死。

于是他成了她最讨厌的那种人。

他其实并不贪心，他所有的委曲求全，只是希望有她、有爹娘、有个家。

可是——

可是——

那场大火，她就这么走了。

这辈子他最爱的女人，明亮得像太阳一样的女人，就这么在他新婚礼成的那一刻，离开他，永永远远的。

那一刻世界悄无声息，他知道江山乱世，名利权欲，已经全然没有什么意义了。

他的生命自此只剩下咆哮的长夜。

远处，他看见了狙击手在瞄准，而他已经没有子弹了。

他闭着眼，听见了呼啸的风声，好像年少时节打猎归来，和他最喜欢的女孩共乘一骑。奔马像一阵旋风似的跑起来，山林、落日、扛着野猪热热闹闹的人群，都被抛在脑后，只有猎猎的风声作响。

“你说的话——得算数！”她大声朝他喊。

“我要和你在一起一辈子，当然算数。”

“啥？”风太大，她没有听清。

这辈子，竟然就这么错过了。

19

“我本不应该跟你讲这些的，可是我总觉得，蒂尔达学姐啊，不应该就这么默默地被人忘了。

“你是个写书的人，明啊，好好写写她，挺多人说，她是个假小子，不像女人，但是我总觉得，像她这么活着，才叫女人。”

红少爷的壮烈，奇迹般地治好了我的情伤，我突然为我那些寻死觅活的矫情感到羞愧。而那个因为我没有发足够红包给她就说没有安全感的女人，也对我突然失去了吸引力。

后来，我把《红少爷》写完就离开了。临行前，爷爷奶奶们给我塞了各种各样好吃的——这小半年，我成了他们共同的孙子。

反正也辞了工作，我回美国看望了一下父母，其实我是在美国出生长大的，可是我的父母对我能回国生活有一种近乎狂热的期待，所以我能讲一口流利的中文。大学以及后来找工作的时候，没人怀疑过中文不是我的母语。

在旧金山的长夜里，我经常会梦见那个倔强明亮的少女，骑着枣红马呼啸而过，永远那么年轻昂扬。

我从来没想过我还会再看见她。

那是我要回国的前夜，为了找东西，我把家里的阁楼都腾空了，发现一个红木盒子。打开来，发现是一把驳壳枪，一支钗，还有一张照片。

照片上是两个男孩，一个个子很高，穿着西式大衣，眉眼俊朗。另一个穿着貂皮袄，浓眉，圆眼睛，有一种男女莫辨的清秀。

我看了很久，看了又看。因为照片上那个潇洒的少年，生得像极了我。

20

“你说那个啊？是奶奶留的照片，哈哈哈是像你！你出生的时候你大伯就说，你这眉毛眼睛的，长得跟你奶奶一模一样，若是你奶奶还在，不知道多稀罕你。

“爷爷奶奶啊……听说你奶奶以前家里遭过大难，她从大火里逃出来的，自此参军，一直抗战，你爷爷是她打战场里捡回来的，听说俩人是发小儿。

“然后？然后两个人就一直杀敌抗战，日本投降之后，两个人就去美国了。你奶奶原本就一直想来美国读书，后来在美国有了我和你大伯你姑姑。

“家？你奶奶不爱提之前的事，她总说过去的事情就过去了。”

我挂上电话，没有继续问。

红少爷的故事，就停在这里吧。

不管那对我没见过面的爷爷奶奶是不是隐姓埋名的红少爷夫妇。

我都愿意相信，那个乱世，他们的爱情，山水流转，最终重逢。

21

战场上，沈汉之闭了眼睛，一声枪响。

那边的狙击手应声而倒。

沈汉之抬起头，看见不远处赶来一匹枣红马，马上少年，风华正茂。

“你爱过我吗？”

“从来没有。”

你有。

他笑了，像个得胜的将军，戎马半生，终于得到了自己最最渴望的胜利。

END

写下你的小心事

年　　月　　日

出品人 | 朱家君

总经理 | 常蓦尘

总编辑 | 熊 嵩

执行总编 | 罗晓琴

设计总监 | 李 婕

执行策划 | 刘伊思梦

装帧设计 | 肖亦冰 汪芝灵 刘诗怡

插图绘画 | 晗 旭 刘诗怡

流程校对 | 刘伊思梦 周嘉玉 刘 宇

宣传营销 | 蒋 惊 蒋 雷

总出品 漫娱文化

关注“@糖衣炮弹 MOOK”

投稿及合作事宜：862998740@qq.com

官方群二维码

图书在版编目(CIP)数据

糖衣炮弹.4 / 糖糖著.—武汉:长江出版社,2019.3

ISBN 978-7-5492-6356-1

Ⅰ.①糖… Ⅱ.①糖… Ⅲ.①短篇小说-小说集-中国-当代

Ⅳ.①I247.7

中国版本图书馆CIP数据核字(2019)第052388号

糖衣炮弹4 / 糖糖主编

出　　版　长江出版社

（武汉市解放大道1863号　邮政编码：430010）

市场发行　长江出版社发行部

网　　址　http://www.cjpress.com.cn

责任编辑　赖　晨　湛　清

装帧设计　肖亦冰　汪芝灵　刘诗怡

印　　刷　中华商务联合印刷（广东）有限公司

版　　次　2019年3月第1版

印　　次　2019年3月第1次印刷

开　　本　880mm×1230mm　特规1 / 32

印　　张　9.25

字　　数　190千字

书　　号　ISBN 978-7-5492-6356-1

定　　价　36.00元

电话:027-82926557(总编室)　027-82926806(市场营销部)